2

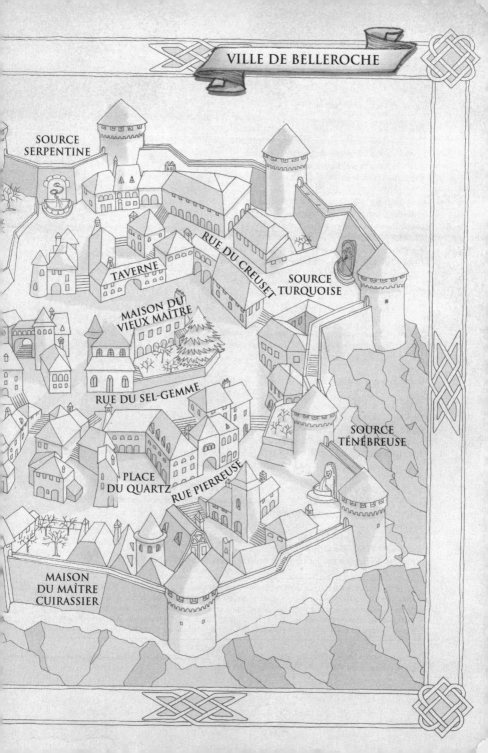

Texte de Geronimo Stilton.

*Basé sur une idée originale d'*Elisabetta Dami.
Collaboration éditoriale de Michela Monticelli.
Coordination éditoriale de Patrizia Puricelli.
Édition de Daniela Finistauri.
Rédaction et mise en pages de Elàstico, Milan.

Coordination artistique de Roberta Bianchi.
Assistance artistique de Tommaso Valsecchi.
Illustrations de couverture de Iacopo Bruno.
Illustrations intérieures de Danilo Barozzi.
Thème du roman graphique de Tommaso Valsecchi.
Illustrations du roman graphique de Stefano Turconi.
Carte de Carlotta Casalino.
Graphisme de Michela Battaglin.

Traduction de Jean-Claude Béhar.

www.geronimostilton.com

Pour l'édition originale :
© 2008, Edizioni Piemme S.p.A. – Via Tiziano, 32 – 20145 Milan,
Italie – www.edizpiemme.it – info@edizpiemme.it
sous le titre *Cronache del Regno della Fantasia 2 – La Porta Incantata*
International rights © Atlantyca S.p.A. – Via Leopardi, 8 – 20123 Milan, Italie –
www.atlantyca.com – contact : foreignrights@atlantyca.it
Pour l'édition française :
© 2010, Albin Michel Jeunesse – 22, rue Huyghens, 75014 Paris – www.albin-michel.fr
Loi n° 49-956 du 16 juillet 1949 sur les publications destinées à la jeunesse
Dépôt légal : premier semestre 2010
N° et édition : 18473
N° d'impression : 10-1261
ISBN-13 : 978-2-226-20948-1
Imprimé en France par Normandie Roto Impression s.a.s. et SIO

Geronimo Stilton

❧ CHRONIQUES DES Mondes Magiques ❧

LA PORTE
ENCHANTÉE

ALBIN MICHEL JEUNESSE

Personnages principaux

OMBRAGE
Jeune et courageux Elfe des Forêts qui, à la demande de la Reine des Fées, entreprend d'aller combattre l'Obscur Pouvoir de la Reine Noire et de rétablir la paix au royaume de la Fantaisie.

ULMUS
Vieille sage du royaume des Forêts. Elle aide Ombrage dans sa mission.

ROBINIA
Elfe des Forêts, fière et têtue, elle est l'héritière légitime du trône du royaume des Forêts.

SOUFRETIN
Petit Dragon à plumes du royaume des Forêts, inséparable compagnon de Robinia.

REGULUS
Elfe Étoilé, frère de Spica et meilleur ami d'Ombrage. Il a décidé d'accompagner l'Elfe des Forêts pour lutter à ses côtés.

SPICA
Sœur de Regulus, cette vaillante Elfe Étoilée quitte son royaume pour aider Ombrage dans sa mission. Elle se bat avec un arc magique.

BRUGUS
Fier et valeureux Elfe du royaume des Forêts. Il a combattu aux côtés d'Ombrage pour libérer son peuple.

LE CHASSEUR
Elfe mystérieux. Personne ne connaît son histoire. Ombrage l'a rencontré au royaume des Forêts.

STELLARIUS
Puissant mage du royaume de la Fantaisie qui, depuis toujours, combat l'Obscur Pouvoir et la Reine Noire.

JUNIPERUS
Maître de la Cour du royaume des Forêts. Il mourut après l'invasion de son pays, laissant d'énigmatiques prophéties.

DIAMANTIS

Maître Armurier de Belleroche, la cité des Gnomes. C'est le plus jeune des cinq Maîtres qui la gouvernent.

CUPRUM

Expert en herbes et remèdes, il est le guérisseur de la cité des Gnomes.

GALÈNE

Maîtresse Heaumière de Belleroche. Courageuse et combative, elle a tout de suite accueilli chaleureusement Ombrage et ses amis.

ORTHOSE

Maître Ciseleur de la cité des Gnomes, à l'esprit déterminé et pratique.

HORNBLENDE

Épouse d'Orthose, elle tient la taverne de Belleroche où se réunissent les ennemis des Gnomes : les Scélérats.

SULFURE

Vieux Maître Fondeur de la cité
des Gnomes, il s'est d'abord montré
méfiant envers Ombrage.

BÉRYL ET TOURMALINE

Ces jumeaux vifs et pétillants sont les
enfants d'Orthose et d'Hornblende.

RUTILUS

Vieux Maître Cuirassier de Belleroche.
Généreux et débonnaire, il héberge
les quatre Elfes dans sa maison.

ÉTINCELLE

Oie grise, victime d'un sortilège
des Sorcières. Elle aidera Ombrage
et les autres Elfes dans leur mission.

L'IMPLACABLE

Chef malfaisant des Scélérats, les
redoutables Lutins Verts, alliés des
Sorcières. Les Scélérats contrôlent
Belleroche et l'ensemble
du royaume de Forge.

« Qu'il soit dit, pour toujours et à jamais,
que pas un seul des territoires perdus de l'immense
royaume de la Fantaisie n'avait disparu du souvenir.
De tous, le grand livre de la mémoire avait conservé
la trace. De tous, la complainte funèbre avait été chantée.
Et, du royaume des Sorcières, l'obscurité se propageait
encore, telle une tache noire qui, toujours,
s'étendait davantage.
Mais parce que le royaume des Forêts s'était éveillé
d'un long sommeil sombre et douloureux, alors les autres
royaumes avaient retrouvé l'espoir d'être libérés.
C'était ce que Floridiana, la Reine des Fées, avait prévu
le jour où elle confia son destin aux mains courageuses
d'un jeune Elfe du nom d'Audace, prêt à mettre sa vie
en péril pour un dessein plus grand que lui.
De lui et ses amis, dont l'ardeur illuminait le ciel
comme l'étoile annonce l'aurore, Sorcia, la Reine Noire,
en son palais, n'avait cure. Elle oubliait, la maudite,
qu'aussi longue puisse être la nuit, tôt ou tard, toute
nuit doit prendre fin et s'effacer devant le jour. »

Mage Fabulus, *Chroniques du royaume de la Fantaisie*,
introduction au Livre Second.

INTRODUCTION

Voici une histoire des temps anciens.

De terribles et funestes menaces obscurcissaient alors le royaume de la Fantaisie, et les royaumes tombaient les uns après les autres sous la domination des Sorcières.

En ces temps se déroule l'histoire d'un jeune Elfe que tous appelaient Ombrage, et de ses amis Spica, Regulus et Robinia.

Ombrage était parvenu au royaume des Étoiles quand il était encore enfant, après avoir fui le royaume des Forêts qui venait de tomber dans les griffes de la Reine Noire. Dans sa nouvelle maison, le jeune Elfe trouva refuge, affection, amitié et réconfort. Et jamais, durant les années qui suivirent, il n'aurait imaginé qu'un jour il devrait abandonner la tranquillité du royaume des Étoiles pour retourner dans le monde forestier et combattre l'Armée Obscure. Il croyait – il en était même certain – que tous les liens avec son monde s'étaient évanouis pour toujours, après la fermeture du Portail enchanté qui reliait le royaume des Étoiles à celui des Forêts. Cette fermeture était advenue le jour même où il l'avait franchi. Pourtant, il rêvait parfois de revoir sa terre d'origine et de connaître les siens.

Mais un jour, hasard ou destin, il découvrit le moyen d'ouvrir à nouveau le Portail. Il découvrit aussi qu'il avait une mission à laquelle il ne pouvait échapper, une mission confiée par Floridiana, la Reine des Fées : libérer le royaume des Forêts du joug du Pouvoir Obscur, et vaincre Sorcia, la Reine Noire. C'était comme si, depuis toujours, il le savait et le voulait.

Il s'aventura donc au-delà du Portail, accompagné par son fidèle ami, Regulus. Une fois parvenu au royaume des Forêts, il combattit les Loups-Garous et les Chevaliers sans Cœur, alliés des Sorcières, pour libérer de l'esclavage le peuple forestier. C'est au cours de cette aventure qu'il fit la connaissance de la jeune et vaillante Robinia, l'unique héritière du trône des Forêts, et de son compagnon, le petit Dragon Soufretin.

Il retrouva aussi Spica, qui s'était lancée à sa recherche, accompagnée du mage Stellarius.

Il découvrit que sa mère était originaire du royaume des Forêts. Et que son vrai nom, Audace, avait été choisi par son père Cœurtenace, et trahissait une origine lointaine et mystérieuse…

Au cours de ses voyages, à travers les forêts épaisses et les montagnes sauvages, il conquit une arme très puissante, une épée capable de vaincre les Chevaliers sans Cœur.

Sachez pourtant que ce ne fut pas la puissance de son arme, mais bien la persévérance d'Ombrage, la force de son cœur et sa capacité à voir au-delà des apparences qui libérèrent le peuple des Forêts. Le combat fut cruel et douloureux, nombreux furent ceux qui tombèrent les armes à la main, mais plus nombreux encore ceux qui survécurent, prêts à faire renaître le royaume des Forêts et à rebâtir ce que les Sorcières avaient détruit.

Pourtant, l'aventure d'Ombrage n'était pas encore terminée. Du royaume des Sorcières, irrésistiblement, l'obscurité se propageait vers d'autres mondes. La mission du jeune Elfe et de ses deux amis ne pouvait prendre fin avant que la menace maléfique ne soit vaincue, tous les royaumes reconquis, et les peuples libérés.

Voici ce qu'il advint à nos jeunes héros après la libération du premier royaume.

Écoutez donc…

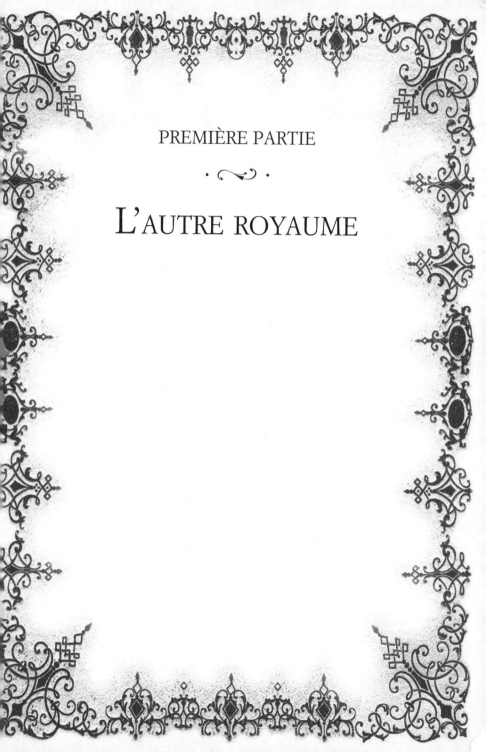

PREMIÈRE PARTIE

L'AUTRE ROYAUME

1
UN NOUVEAU DÉPART

Tandis que les derniers rayons d'un soleil finissant venaient mourir sur le royaume des Forêts, çà et là commençaient à briller les lueurs des premières lanternes. Ombrage gagna la vieille tour de vigie et regarda en bas, admirant le spectacle des lumières qui éclairaient le nouveau campement. Les Elfes des Forêts s'y étaient installés après la libération de leur royaume. Ils l'avaient appelé le Camp Gris, car il s'étendait au pied de la Cité Grise. De là, Brugus, le valeureux Elfe Forestier qui avait conduit la révolte aux côtés d'Ombrage, commandait le siège de la cité pour en chasser les dernières forces de l'Armée Obscure.

Il s'était écoulé près d'un mois depuis que l'attaque contre la dernière forteresse des Loups-Garous avait été lancée. Un mois aussi depuis que le mage Stellarius était parti à la recherche du Miroir des Hordes, le passage ensorcelé emprunté par les armées de la Reine Noire pour envahir le royaume des Forêts, une dizaine d'années auparavant.

Dans les temps anciens, en effet, pour relier entre eux tous les territoires du vaste royaume de la Fantaisie, les Fées avaient créé les Portails, passages enchantés qui s'ouvraient et se fermaient grâce à la magie des pierres catalysatrices. Mais ce que les Fées avaient réalisé pour le bien des peuples, les Sorcières l'avaient employé pour servir leurs noirs desseins : en détournant la magie présente dans ces pierres, elles avaient ouvert de nouveaux passages par lesquels elles avaient entrepris leur invasion silencieuse. La plupart de ces passages ensorcelés, appelés les Miroirs des Hordes, se trouvaient dans des mares d'eau stagnante. Ils permettaient d'envoyer en un instant l'Armée Obscure dans des royaumes pacifiques et inconscients de la menace imminente. C'est ainsi que le royaume des Forêts était tombé. Et c'est ainsi qu'avant lui beaucoup d'autres royaumes avaient disparu, sans que personne comprenne comment les Sorcières s'y prenaient pour surgir de leur monde sombre et isolé dans ces mondes paisibles et libres.

Ce fut Stellarius qui découvrit les Miroirs des Hordes. Et à présent il s'était mis à la recherche de l'ancien Miroir par lequel les Sorcières avaient envahi le royaume des Forêts : en effet, en empruntant en sens inverse le chemin suivi par l'Armée Obscure, Ombrage et les autres Elfes pourraient libérer les royaumes asservis, atteindre celui des Sorcières et les vaincre à jamais.

Ombrage avait promis à Stellarius d'attendre son retour, mais il commençait à se demander s'il ne valait pas mieux partir sans perdre plus de temps. Il sentait la nécessité de poursuivre sa mission. Même Poison, l'épée qu'il portait au flanc et qui, parce qu'elle avait été trempée du liquide mortel d'un scorpion géant, était devenue la seule arme capable de vaincre les Chevaliers sans Cœur, paraissait inquiète et désireuse de quitter ces terres. Cependant, à l'idée de partir, le jeune Elfe était envahi par une tristesse semblable à celle qu'il avait éprouvée quand il avait dû abandonner la maison où il avait grandi, au royaume des Étoiles. Il pensait souvent à ces lieux qui l'avaient vu heureux et insouciant et, le cœur serré, il se demandait s'il les reverrait un jour. Toutefois, il savait qu'il ne pouvait faire demi-tour avant d'avoir accompli sa mission et sauvé tous ces peuples innocents.

Soudain, un bruissement de feuilles se fit entendre, une silhouette couverte d'une capuche s'approcha et posa tendrement la main sur son bras.

– Tu verras… il reviendra bientôt, souffla Spica comme si elle lisait dans ses pensées.

Ombrage continuait à fixer le paysage en silence.

– C'est un mage… il reviendra bientôt, répéta-t-elle.

Une fois, par le passé, la jeune fille avait douté des pouvoirs de Stellarius. Elle avait alors risqué sa vie en s'aventurant toute seule au milieu des dangers. À présent, elle savait qu'elle devait lui faire confiance.

Le jeune homme acquiesça.

– Et puis, même si je voulais partir je ne saurais où aller… Sans Stellarius nous n'avons pas le moindre indice pour nous guider. Même l'aiguille de la boussole de la Reine des Fées, qui nous a toujours indiqué la bonne direction, semble indécise : elle tourne en permanence sans se fixer sur un point précis.

Cette fois ce fut Spica qui garda le silence, jusqu'à ce qu'Ombrage ajoute :

– Tu sais, je commence à me sentir chez moi, ici.

– C'est normal. Ta mère appartenait à ce royaume, donc tu lui appartiens aussi, tu ne crois pas ? lui suggéra-t-elle en souriant.

– C'est sans doute vrai… Je me pose aussi des questions sur mon père. Personne ne peut rien me dire à son sujet. Je sais seulement qu'il venait d'un royaume lointain…

– Et tu te demandes si ce royaume a été conquis lui aussi par le Pouvoir Obscur, devina Spica.

L'Elfe approuva et son visage se fit encore plus sérieux.

– Peut-être le traverserons-nous…

– Alors nous le libérerons, assura Spica avec un sourire lumineux, et tu découvriras enfin qui était ton père.

Ombrage sourit. Il ne dit pas ce qu'il pensait vraiment. Qu'il craignait de ne pas réussir à libérer les royaumes soumis par les Sorcières, que cette mission lui semblait au-dessus de ses forces. À grand-peine il chassa ces pensées et murmura :

– Oui…

Puis il ajouta, résigné :

– Il ne nous reste plus qu'à attendre le retour de Stellarius. Donnons le signal que tout est en paix et rentrons au camp, il commence à faire froid ici.

Spica sortit une lanterne de cuivre de sous son manteau, et la plaça sur le rebord en bois de la vieille tour. Un halo jaune et brillant perça les ténèbres, se diffusant sur la végétation, et les deux jeunes gens disparurent en frissonnant dans l'ombre dense de la nuit.

— Il est inutile de me le répéter encore une fois ! protesta Robinia.

— Ah, alors tu as compris, ironisa Regulus.

— Bien sûr que j'ai compris ! Pour qui me prends-tu ?

Il régnait au camp une atmosphère joyeuse ce soir-là, bien qu'il ait commencé de pleuvoir. Et même si la Cité Grise se dressait au-dessus d'eux tel un rocher imprenable, tous savaient que les Loups-Garous ne résisteraient pas longtemps au siège.

Comme d'habitude, Regulus et Robinia se disputaient. Après le dîner, ils s'étaient mis à jouer au jeu de quilles avec des noix, et la partie avait vite tourné au bras de fer que chacun d'eux voulait gagner à tout prix. Ils avaient débattu à propos du terrain de jeux, de la noix qui roulait, des petites quilles renversées... et à présent, pour la énième fois, ils discutaient du score.

Parmi les Elfes qui n'étaient pas de garde autour de la Cité Grise, quelques-uns assistaient à la dispute l'air résigné, d'autres riaient et se moquaient d'eux, d'autres encore bavardaient en buvant du jus de myrtille.

Parfois Ombrage sentait les regards des Forestiers se

poser sur lui, comme s'ils attendaient une annonce, une parole ou simplement un encouragement. Depuis que s'était répandue la nouvelle de sa victoire sur les Chevaliers sans Cœur, ils le regardaient d'une manière différente. Au fond, cela n'avait rien d'étonnant : comme Spica l'avait expliqué un matin, c'était lui qui, grâce à son courage, avait ramené l'espoir au royaume des Forêts. En quelque sorte, il était devenu une légende vivante.

Pourtant, quand il se regardait dans la glace, Ombrage ne voyait pas un héros, mais un jeune Elfe comme tant d'autres. Seulement, lui était investi d'une lourde responsabilité.

Seuls Spica et Soufretin réussissaient à soulager son cœur. Mais, ce soir-là, Spica était occupée : un groupe de jeunes Elfes l'entourait auprès du feu, les yeux écarquillés, l'écoutant conter d'anciennes légendes qu'ils n'avaient jamais entendues.

Soufretin, quant à lui, comme s'il s'était aperçu du regard absent d'Ombrage, sauta sur la souche sur laquelle le jeune homme était assis et, tout en posant la tête sur sa jambe, se blottit contre lui avec un grognement de plaisir.

Ombrage le caressait affectueusement quand, soudain, une silhouette imposante entra dans la tente.

Stellarius était trempé jusqu'aux os, son visage racorni par la fatigue et le froid. Sa barbe et ses sourcils broussailleux étaient couverts de minuscules cristaux de glace.

Dès qu'il le vit, Ombrage se leva d'un bond, et Soufretin roula par terre en poussant une plainte furibonde. Le jeune Elfe murmura :

– Stellarius…

Tous se tournèrent vers le mage. Un silence profond tomba, troublé seulement par le faible crépitement de la pluie nocturne.

– Bien, vous êtes là ! s'exclama Stellarius.

– Qu'est-ce qui s'est passé ? Pourquoi as-tu tant tardé ? s'impatienta Spica.

– Du calme, du calme ! Je vais tout vous raconter, dit le mage en chassant la neige de sa tunique.

Puis il jeta un coup d'œil autour de lui et, devant tant de visages curieux, il murmura aux jeunes gens :

– Venez dans la tente du Conseil.

Et il sortit d'un pas rapide.

Ombrage le suivit, sans prêter attention à la pluie. Robinia prit Soufretin dans ses bras et, avec un soupir, sortit de la tente derrière Regulus et Spica. La jeune Étoilée s'attarda un instant pour respirer l'air frais du soir. Le moment du départ était venu : elle se sentait tout à la fois excitée et anxieuse, mais la pluie qui lui mouillait la tête la tira de ses pensées, et elle se hâta de rejoindre la tente du Conseil.

– J'ai eu quelques difficultés à trouver le Miroir des Hordes, racontait Stellarius. Il était très bien caché. De plus, la pierre catalysatrice ne fonctionnait pas correctement.

Tout en parlant, il sortit de dessous sa tunique la turquoise noircie qui leur avait permis, à Spica et à lui, d'arriver au royaume des Forêts, en passant par un autre Miroir des Hordes.

– Apparemment, le Miroir a été endommagé par les Chevaliers sans Cœur qui l'ont traversé en s'enfuyant après la bataille contre les Forestiers. L'Histoire s'en souviendra comme du Miroir Brisé, plaisanta-t-il. Quoi qu'il en soit, ce qui compte c'est que j'aie réussi à rassembler suffisamment d'énergie magique pour qu'il résiste aux futurs passages.

Il s'assit près du feu, et les jeunes gens l'imitèrent.

– Tiens, bois un peu de bouillon chaud, dit Robinia en lui tendant un bol fumant.

Le mage s'en saisit et commença à avaler de petites gorgées.

– Et à quel royaume conduit le Miroir Brisé ? demanda Spica.

– Pour répondre à cette question, j'ai dû le traverser. C'est pour cela que j'ai tant tardé, répondit Stellarius.

– Eh bien, il semble évident qu'il mène dans un lieu froid, observa Regulus en croisant les bras.

La glace qui recouvrait la barbe et les sourcils du mage commençait juste à fondre. Stellarius soupira.

– Oui, une contrée glaciale. Où l'été n'arrive jamais.

Puis, fixant les jeunes Elfes dans les yeux, il ajouta :

– Il conduit sur les flancs des hautes Montagnes de la Cisaille…

Soufretin émit un râle qui ressemblait à un éternuement, puis étira une patte vers un vieux morceau de charbon qu'il commença à grignoter.

– Et quel genre d'endroit est-ce ? demanda Robinia, pleine de curiosité pour ce nom inconnu.

– C'est le pays *où les neiges sont éternelles*, murmura Spica.

Tous la regardèrent, intrigués, et elle rougit.

– Comment le sais-tu ? demanda Ombrage.

– J'en ai entendu parler une fois, quand j'étais petite. Elles étaient évoquées dans un conte très ancien. On dit que ce sont les montagnes les plus inaccessibles du royaume de la Fantaisie. Elles se dressent au sein du royaume des Gnomes de Forge, l'unique endroit d'où est extrait un métal rarissime… l'espérium, si je ne me trompe pas.

– Hum, soupira le mage, je vois que vous en savez déjà long. En effet, l'espérium provient du royaume des Gnomes de Forge ; c'est là que nous conduira le Miroir Brisé. Spica a dit vrai : les Montagnes de la Cisaille sont

presque inaccessibles, et personne ne peut en sortir vivant sans un guide ou une carte.

Un instant le silence saisit le groupe dans une étreinte glaciale, puis Stellarius reprit :

– Les Gnomes sont des artisans très habiles dans la confection d'objets de toutes sortes. Et, surtout, ils savent y introduire de la magie, celle des Fées ou des Sorcières, pour les renforcer ou leur conférer des qualités particulières. Par ses relations marchandes, leur très ancien royaume était autrefois ouvert sur l'extérieur, mais tout a changé dès lors que les Sorcières eurent besoin d'espérium. C'est en alliant ce métal au plomb noir des fonderies qu'elles obtinrent, à l'issue d'un processus complexe et terrifiant, la matière de l'armure des invincibles Chevaliers sans Cœur. Comme vous pouvez l'imaginer, elles ne tardèrent pas à s'emparer des mines pour en extraire l'espérium. C'est ainsi que, depuis très longtemps, le royaume des Gnomes vit sous la domination du Pouvoir Obscur.

– Mais alors, le Miroir est certainement surveillé et ils doivent savoir que quelqu'un l'a traversé, dit Regulus, inquiet.

– Bah, ils l'auraient su, de toutes façons. N'oublie pas que plusieurs Chevaliers sans Cœur se sont échappés à travers ce Miroir. Ils auront certainement donné l'alarme, intervint Ombrage.

– Bien dit, mon garçon. Et c'est la raison pour laquelle j'y ai fait un tour de reconnaissance, avant de vous y emmener. J'ai découvert une chose étrange : les gardes autour du Miroir des Hordes avaient été abattus. Et ce n'est sûrement pas l'œuvre des Chevaliers. Quelqu'un sera passé avant moi... mais qui ? Quoi qu'il en soit, sachez que le climat glacial ne nous facilitera pas la tâche. De plus, la région grouille de Scélérats.

– Qui ? s'exclama Robinia en éclatant de rire. Ces Lutins verdâtres dont parlent les légendes, qui portent des gants et des bottes en fer ? En quoi peuvent-ils nous inquiéter ?

Le mage répliqua sévèrement :

– Tu dois apprendre à ne sous-estimer aucun ennemi, Robinia. Souviens-t'en !

– Ben, c'est que je m'attendais à des choses plus... plus impressionnantes, dit-elle en rougissant.

Tous les yeux passèrent du visage de la jeune fille à celui du mage, dont le regard sombre foudroyait la jeune Forestière.

Dans le silence qui suivit, on n'entendait plus que le crépitement des flammes.

– Et sais-tu pourquoi, dans d'autres royaumes, on les appelle les Lutins de la Mort ? Sais-tu à quel point leurs bottes sont dangereuses ? Sais-tu comme les griffes de leurs gants sont effilées et tranchantes ? Non, j'imagine que tu l'ignores, n'est-ce pas ? siffla le mage.

Sa voix retentissait sous la tente et se perdait dans les profondeurs de la nuit pluvieuse.

– Mais ces Lutins ne sont pas plus grands que des Gnomes, objecta timidement Robinia.

Les yeux de Stellarius n'étaient plus que deux minces fentes.

– Il y a une chose que je ne vous ai pas encore dite. Autrefois les Fées ont lancé un sort sur le royaume des Gnomes de Forge : tous ceux qui y entrent se voient rapetissés. Le but de Floridiana était de protéger les Gnomes contre des créatures plus grandes qu'eux qui auraient pu les détruire. Quand nous passerons à travers le miroir, nous deviendrons donc presque aussi minuscules que des Gnomes.

– Ne peut-on déjouer cet enchantement ? demanda Ombrage.

Stellarius grogna en secouant la tête.

– Déjouer la magie des Fées ? Non, c'est impossible.

– Par toutes les étoiles ! gémit Regulus, qui s'imaginait déjà en modèle réduit.

– Cela peut tourner à notre avantage, murmura Stellarius. Nous serons moins visibles et nous pourrons nous dissimuler plus facilement. Et puis, n'oubliez pas que les Chevaliers sans Cœur ont eux aussi subi ce sort.

– Que trouverons-nous de l'autre côté du Miroir ? demanda Ombrage.

– Des Trolls des Neiges, des Lymantrides, et surtout un froid impitoyable.

– Des Lymantrides ? Qu'est-ce que c'est ?

– Des phalènes blanches, de minuscules papillons qui se nourrissent d'arbres. Particulièrement de conifères, dont l'espèce a, de ce fait, disparu de la région. Ces créatures voraces se sont mises au service des Scélérats et des Sorcières, qui les utilisent comme espions. En ce qui concerne les Trolls des Neiges, ils sont plus petits que leurs cousins des plaines et des grottes, mais non moins dangereux. Espérons seulement que nous n'en croiserons pas sur notre chemin. Malheureusement j'ai été trop longtemps absent de ces terres.

Pour atteindre Belleroche, la cité des Gnomes, reconquérir les mines d'espérium et trouver le Portail qui nous conduira dans le royaume suivant, nous aurons besoin d'aide.

C'est pourquoi j'y ai immédiatement envoyé un message à un ami de longue date.

– D'après ce que tu nous dis, la libération des Gnomes ne sera pas une mince affaire, soupira Regulus.

– Non, mais nous pouvons compter sur eux. Ils ont beaucoup plus de ressources que nous ne l'imaginons, dit Stellarius avec un mince sourire.

– Tu as parlé d'un Portail… mais si nous voulons suivre en sens inverse le chemin de l'Armée Obscure, nous devrons emprunter un Miroir des Hordes créé par les Sorcières, et non un Portail magique créé par les Fées, n'est-ce pas ? interrogea Spica.

– Non, nous utiliserons un Portail des Fées. Ou du moins qui l'a été, dit Stellarius. Je ne sais pas grand-chose à son sujet si ce n'est qu'on l'appelle le Portail Oublié. C'est par là que les Sorcières ont envahi le royaume des Gnomes. Elles n'ont pas eu besoin de créer un Miroir des Hordes, car le royaume qu'elles quittaient était totalement soumis à l'Armée Obscure. Donc personne ne pouvait les empêcher d'utiliser le Portail. J'ignore quelle est la pierre qui l'ouvre et où elle se trouve. Je ne sais même pas vers quel royaume il nous conduira.

– Depuis combien de temps les Sorcières occupent-elles le royaume des Gnomes ? demanda Robinia.

– Depuis beaucoup trop d'années, beaucoup plus que ce que ton peuple a supporté, Robinia.

Après un long silence, Ombrage demanda :

– Quand partons-nous ?

– Demain matin, très tôt. Vous deux, soyez ici avant l'aube, dit Stellarius en regardant Ombrage et Spica. Je ferai préparer les bagages nécessaires. À présent, allez dormir, car qui sait quand nous pourrons nous reposer à nouveau une fois de l'autre côté du Miroir. Quant à vous, ajouta-t-il en s'adressant à Regulus et à Robinia, faites vos adieux à vos deux amis dès maintenant.

Stellarius se leva. Dans la lumière du feu, il paraissait immense.

– Un instant, intervint Regulus en glissant un regard à Robinia. Je… enfin, nous avons quelque chose à dire.

Intrigué par son ton sérieux, Stellarius se tourna lentement vers lui.

– Nous deux aussi, nous voulons venir, articula le jeune Étoilé.

Soufretin émit un grognement de protestation.

– Nous trois, précisa Robinia.

– Oh, vraiment ? fit le mage en haussant un sourcil.

– Non ! dit Ombrage en serrant les poings. Je ne vous permettrai pas de…

Mais Regulus l'interrompit d'un ton encore plus déterminé :

– Et comment pourrais-tu *ne pas nous permettre* ? Cela a été décidé il y a bien longtemps, si je ne m'abuse. Ce jour précis où tu as accepté mon aide, quand tu t'es mis en route pour le royaume des Forêts. Je t'ai donné ma parole de t'aider en toute circonstance. Je veux tenir ma parole !

– Et toi, Robinia, es-tu certaine de vouloir venir ? demanda Stellarius.

La jeune fille le regarda droit dans les yeux et acquiesça.

– C'est grâce à Ombrage si l'espoir est de retour, si notre peuple peut envisager un avenir meilleur. Je *dois* venir. J'ai un compte à régler avec les Sorcières.

– Tu ne peux pas abandonner ton peuple ! Tu es l'héritière du trône du royaume des Forêts... objecta Ombrage pour tenter de la dissuader.

Mais lui-même était décontenancé par le silence bienveillant de Stellarius.

– Non, murmura Robinia en baissant les yeux. Il fut un temps où les souverains de cette terre ne descendaient pas de familles royales. Devenait roi l'Elfe le plus sage et le plus vertueux, qui seul revenait d'une longue nuit passée dans la Clairière des Treize Arbres Sages. Il doit à nouveau en être ainsi. Et puis, je ne me sens pas prête pour tout cela…

– En effet, tu ne l'es pas, dit Stellarius avec un regard intense. Mais tu le seras peut-être, un jour. Que tu le veuilles ou non, Robi-

nia, certaines choses doivent être accomplies. Bien, puisque telle est votre volonté, à demain matin.

Il fit volte-face et disparut.

Ombrage échangea un regard soucieux avec Spica. Puis, les dents serrées, il acquiesça.

– Alors c'est décidé, conclut Robinia.

– Oui… murmura Regulus en fixant la pierre d'obsidienne qu'il tenait dans la main.

C'était la pierre qui ouvrait le Portail reliant le royaume des Forêts à celui des Étoiles. Ombrage la lui avait confiée à leur arrivée au royaume des Elfes Forestiers, après avoir scellé le passage pour empêcher les Sorcières de le franchir. Cette pierre leur permettrait, un jour peut-être, de rentrer chez eux, au royaume des Étoiles. Mais pas maintenant. Pas encore. Il lui fallait conserver cette pierre jusqu'à ce que leur mission soit accomplie. C'était son devoir.

Pour détendre l'atmosphère, il lança :

– En somme, tout va pour le mieux ! Nous partons pour un endroit plein de créatures maléfiques que nous devrons affronter en étant aussi minuscules que des Gnomes. Que demander de mieux ?

– Nous n'avons pas le choix, ajouta simplement Spica.

2
LE MIROIR BRISÉ

Le lendemain matin, la pluie s'était arrêtée, mais une brume épaisse recouvrait toute chose. Les jeunes gens se retrouvèrent sous la tente principale pour prendre un solide petit déjeuner. Malgré leur peu d'appétit, ils se forçaient à manger : qui sait quand ils auraient à nouveau l'occasion de se restaurer autour d'une table ? Chacun avalait en silence, plongé dans ses pensées. Soudain, Soufretin grimpa sur les sacs de voyage qui avaient été rassemblés dans un coin, et fit tout tomber.

– Soufretin ! gronda Robinia. Si tu ne te décides pas à rester tranquille, nous te laisserons ici.

Spica se leva en riant pour remettre les paquets en place quand elle remarqua, parmi les affaires, des manteaux pourvus d'amples capuches. Ils étaient d'un gris chatoyant qui, par endroits, paraissait blanc. Quand elle en souleva un, elle s'aperçut qu'il était incroyablement léger et composé de multiples morceaux d'étoffe.

– C'est Ulmus qui nous les a procurés, expliqua Stellarius, qui entrait au même moment. Ils sont tissés en soie d'araignée susurrante et ils nous protégeront du froid.

– En soie d'araignée... susurrante ? répéta Spica.

– Qu'est-ce que c'est ? demanda Regulus.

– Il s'agit d'une espèce d'araignée assez grande qui, autrefois, vivait au royaume des Gnomes de Forge, sur les Montagnes Enneigées du nord-est. Les Gnomes de cette région les élevaient pour leur soie exceptionnelle, capable de faire obstacle à certains types de magie, mais surtout de protéger du froid.

– Comment sont-ils arrivés ici ? demanda Regulus.

– Autrefois un Portail reliait le royaume des Elfes Forestiers à celui des Gnomes de Forge, qui permettait un commerce florissant entre les deux peuples. N'est-ce pas, Ulmus ?

– Absolument, confirma la sage Forestière en entrant sous la tente au bras de Brugus.

Soufretin émit un sifflement et sauta sur la table. Il renifla ce qui restait dans l'assiette d'Ombrage, le carbonisa en soufflant une flamme verte, puis mordit joyeusement dedans.

La vieille Elfe continua :

– D'anciennes histoires évoquent de mystérieux

voyageurs. Je t'ai raconté plusieurs fois celle du Roi Quercus, dit-elle en s'adressant à Robinia. Quand il fut choisi à la Clairière des Treize Arbres Sages, ce fut une surprise pour notre peuple, parce que c'était un Forestier, qui n'avait donc pas de racine dans notre royaume. Pourtant, par la suite, il fut compté parmi les grands rois du royaume.

– Oui, je m'en souviens, acquiesça la jeune fille.

Ulmus reprit :

– Il avait débarqué ici avec quatre autres voyageurs – tous les cinq portaient ces manteaux. Cela s'est produit en des temps si lointains que peu s'en souviennent. Peut-être est-ce un signe du destin : ils étaient cinq alors, et aujourd'hui cinq doivent partir…

Ombrage jeta un regard à Stellarius, puis à ses amis qui avaient décidé de risquer leur vie à ses côtés. Et il se sentit plus fort.

La vieille Elfe tendit un petit livre à Ombrage.

– C'est pour toi.

– Pour moi ?

– C'est le livre des prophéties que nous a laissé le vieux maître Juniperus. Je pense qu'il te sera plus utile qu'à moi. Tu n'es pas aussi aveugle que nous devant ces mots mystérieux.

– Merci. J'en ferai bon usage, promit le jeune homme.

Stellarius s'approcha et lui mit la main sur l'épaule.

– Il faut partir, maintenant.

Alors qu'ils se saluaient, Ulmus murmura avec émotion :

– Notre cœur est avec vous.

– Ne renoncez pas ! Vous avez tant fait pour notre royaume, et vous pouvez encore tellement faire pour les autres mondes, ajouta Brugus.

Et sur ces paroles qui résonnaient dans leurs cœurs, les jeunes gens se préparèrent à partir.

Le voyage fut long. Le petit groupe quitta le Camp Gris, descendit vers la Forêt de la Vallée Grise, puis se dirigea vers les Champs de Bois à l'est. C'est là que les Forestiers étaient déportés comme esclaves durant les années de domination de l'Armée Obscure. Dans l'après-midi, ils virent la Cité Grise s'éloigner de plus en plus, enveloppée dans la brume, puis, très vite, plus que des forêts, des rochers et des buissons.

Heureusement, Stellarius connaissait la route et les guidait sans hésitation. Ils avançaient rapidement sans rencontrer d'obstacle : les combats les plus durs étaient derrière eux ; les derniers Loups-Garous avaient été capturés et personne n'osait s'attarder dans ces régions désertes. Bientôt, la Cité Grise serait reconquise. Ce n'était plus qu'une question de temps.

Au soir du jour suivant, ils débouchèrent sur un sentier qui grimpait en lacets jusqu'aux Champs de Bois : c'est là-haut que se trouvait le Miroir Brisé, le passage ouvert par les Sorcières entre le royaume des Forêts et celui des Gnomes de Forge.

Plus ils s'en approchaient, plus il faisait froid. Le printemps, qui avait fleuri sur le royaume quelques jours auparavant, n'était plus qu'un pâle souvenir.

— On se croirait en hiver ! s'exclama Spica, tandis qu'ils peinaient sur un tronçon abrupt.

— C'est à cause du Miroir, répondit Stellarius, transi.

— Mais… je croyais que tu l'avais refermé, s'étonna Regulus.

— Bien sûr que je l'ai fermé, répliqua le mage. Mais les Montagnes de la Cisaille sont parmi les plus glaciales qui existent. Quand j'étais sur le chemin du retour, une tempête de neige a éclaté, et bien que j'aie soigneusement refermé le Miroir, le gel a réussi à passer au travers. Ça n'a rien d'étonnant. La magie mise en œuvre par les Sorcières pour créer les Miroirs des Hordes n'est pas aussi subtile que celle des Fées : il reste toujours de minces fissures.

Puis il soupira et pointa droit devant lui.

– À présent, attention… nous sommes presque arrivés.

Il quitta le sentier et coupa directement vers le flanc de la montagne.

Les jeunes gens hésitèrent un instant, avant de se lancer à sa suite.

Robinia claquait des dents, mais elle ne pensa plus au froid quand elle arriva aux Champs de Bois. Elle en avait entendu parler comme d'un endroit effroyable, mais la réalité était bien pire encore. À perte de vue, des montagnes nues, et partout des traces d'incendies et de destruction. Il n'y avait ni animaux ni plantes. Tout était gris, comme engourdi dans un oubli sans fond. La jeune fille sentit les larmes lui monter aux yeux, mais elle les refoula. Ce qui la bouleversait le plus, c'était l'absence de toute trace de vie : ni bruissement de feuilles, ni murmure d'un ruisseau, ni même le cri d'un écureuil dans les branches. Çà et là, des ossements d'animaux mêlés à des squelettes d'Elfes morts depuis des années jonchaient le sol. Livides et lugubres, les crânes observaient les voyageurs d'un air mauvais, comme s'ils leur reprochaient de ne pas être venus à temps pour les sauver : pourquoi seulement maintenant ? Des haillons tourbillonnaient dans un vent glacial, seuls vestiges des campements ennemis. Tout en cheminant sur cette étendue sinistre, Robinia réalisa combien sa vie avait changé depuis qu'elle avait fait la connaissance de Stellarius et des autres.

Au même moment, elle sentit le givre sous ses pieds. Il était partout. Un manteau blanc, gelé, jeté sur les montagnes, recouvrait tout.

À l'entendre craquer sous ses bottes, Ombrage comprit qu'ils approchaient du Miroir Brisé. Finalement il le vit. Trois vieux troncs entrecroisés formaient une espèce de triangle. Le bois, entièrement couvert d'étranges chauves-souris pétrifiées, était attaqué par les morsures du gel. De minces filets d'air paralysant de froid s'échappaient du Miroir dans toutes les directions, dessinant sur le sol des rayons de givre plus compacts, comme une plaie ouverte dans la terre.

Stellarius dressa son bâton, et la lumière magique qui en jaillit illumina la surface de glace, brisée en plusieurs points. Puis, quand le mage leva le bras, le bloc se transforma en une mare liquide, ondoyante.

Le mage sortit de sa poche la pierre qui avait le pouvoir de réactiver le Miroir, l'attacha au sommet du bâton et la plongea au centre de la mare. À peine toucha-t-elle la surface liquide, le Miroir s'ouvrit, et ils furent renversés par une trombe de neige.

– C'est une tempête, dit Stellarius. Nous avons de la chance !

– De la chance ?! gémit Regulus.

– La tempête nous dissimulera, répondit Stellarius.

Ombrage partit en premier : il rassembla son courage et s'avança, défiant le vent qui lui fouettait le visage. Le froid l'enveloppa et l'emporta, s'agrippant à sa peau et à ses cheveux, comme pour le lacérer. Il avait l'impression de s'engager dans un tunnel de glace tranchante.

Quand finalement il toucha terre de l'autre côté du Miroir, il fut frappé de plein fouet par un tourbillon de gel et une lumière aveuglante.

3

DIAMANTIS

mbrage sentait ses yeux larmoyer douloureusement. Il se recroquevilla sous son manteau pour tenter de s'abriter du gel.

Un instant après, Spica et Regulus le rejoignirent, puis ce fut le tour de Robinia, qui roula dans la neige la tête la première. Soufretin sortit de la besace pour l'aider, mais il s'enfonça dans la neige. Stellarius arriva en dernier dans un jaillissement de lumière qui tourbillonna, avant de s'éteindre derrière lui.

– Vite ! cria le mage pour se faire entendre malgré les hurlements du vent. Par ici !

Le froid leur mordait la peau. En se tenant les uns aux autres pour ne pas se perdre, les jeunes gens se couvrirent du mieux qu'ils purent et le suivirent, en voyant à peine où ils posaient les pieds. Avançant péniblement dans la neige, ils atteignirent une crête rocheuse, au-delà de laquelle le vent se fit moins agressif, et ils suivirent le mage jusqu'à l'entrée d'une caverne.

– Vite, entrez là-dedans, sinon nous finirons congelés ! ordonna Stellarius.

À l'intérieur, l'obscurité les enveloppa comme une chaude couverture.

Le mage dut se pencher pour entrer. Il retira son manteau alourdi par la glace, puis, agitant légèrement son bâton, il fit jaillir un éclair qui alluma un feu au centre de la grotte. Ensuite il jeta un regard derrière lui et dit :

– La tempête effacera nos traces. Pour l'instant nous sommes en sécurité.

Les flammes illuminèrent la grotte, révélant un petit tas de bois et quelques bibelots épars.

– Mais cet endroit est habité ? s'étonna Regulus.

– Il l'était, il y a très longtemps. Aujourd'hui il est abandonné, et nul ne connaît son existence. J'ai préparé ce fagot lors de mon tour de reconnaissance, car j'ai pensé qu'il nous serait utile à notre arrivée.

Les jeunes gens s'approchèrent du feu pour se réchauffer. Quelques minutes s'écoulèrent avant qu'ils ne recommencent à parler.

– Qui habitait ici ? s'enquit Spica tout en observant les restes d'une misérable paillasse.

– Des bandits, répondit Stellarius.

Regulus éternua.

– Comment pouvaient-ils supporter ce froid ? demanda-t-il, incrédule.

– Il n'y a pas toujours de tempêtes, ici, et certaines créatures ne craignent pas le froid. La nature trouve toujours une manière de s'adapter à chaque circonstance. C'était un repaire de brigands au temps où la route du royaume des Forêts était parcourue par des caravanes de marchands et que le Portail des Fées qui reliait les deux mondes était encore en activité. Au royaume des Forêts, il n'y a plus trace du Portail, tandis que par ici, on peut encore en voir quelques vestiges, non loin de l'endroit où nous sommes arrivés. On l'appelle le Portail des Trois Feux car trois petites flammes brillaient en permanence à son sommet. Les Gnomes l'ont fermé lors de leur dernière tentative héroïque pour résister au Pouvoir Obscur.

– Mais ils ont échoué, murmura Robinia avec amertume.

– Au début, non. Ils ont retardé l'occupation de votre royaume. Il a fallu beaucoup de temps aux Sorcières pour réussir à mettre en activité les Miroirs des Hordes. Ensuite elles ont pu passer d'un royaume à l'autre sans utiliser les Portails, raconta Stellarius.

Les jeunes gens se turent un instant, puis Ombrage demanda :

– C'est ici qu'est extrait l'espérium pour fabriquer les armures des Chevaliers sans Cœur, n'est-ce pas ?

– Exact.

– Mais pourquoi les Gnomes acceptent-ils de servir les Sorcières ? demanda Spica.

– Tu crois qu'ils ont le choix ? murmura Robinia d'une voix blanche. Les Forestiers qui travaillaient dans les Champs de Bois, eux non plus, n'ont pas eu d'alternative.

Spica acquiesça avec un air désolé :

– Oui, tu as raison, excuse-moi. Seulement, couper du bois est une chose, fabriquer des armures ensorcelées en est une autre…

– Ils ne peuvent s'y dérober, Spica. C'est leur savoir-faire qui leur sauve la vie. Ici se trouvent les seules mines d'espérium et les seules créatures capables d'insufler dans ce métal la magie des Sorcières, expliqua le mage.

– Donc nous devons libérer ce royaume et couper les approvisionnements d'espérium, réfléchit à haute voix Ombrage. C'est notre seul moyen d'affaiblir les armées des Sorcières.

– Oui, soupira Stellarius. Les Chevaliers sans Cœur constituent le danger principal, précisément parce qu'ils sont invincibles. La Reine Noire a certainement

été informée de l'existence de ton épée, la seule arme
capable de les vaincre. Elle ne tardera pas à découvrir
le point faible des armures et formulera alors un nouvel
enchantement qui les rendra vraiment invincibles. Nous
devons priver les Sorcières de matière première afin de
les empêcher de forger de nouvelles armures encore plus
redoutables. Puis il nous faudra pénétrer dans le royaume
des Sorcières, au-delà des eaux du Fleuve du Remords, et
vaincre la Reine Noire.

La voix du mage se perdit dans le néant.

– Quelqu'un est-il déjà allé là-bas ? Je veux dire… dans
son palais, demanda Ombrage.

Les yeux de Stellarius se levèrent dans un
frémissement.

– Beaucoup y sont allés. Mais nul n'en est jamais revenu,
répondit le mage, tandis que les ululements du vent
emplissaient la caverne, tel un avertissement strident.

Le lendemain matin, la tempête faisait toujours rage sur
les montagnes. Étendus autour du feu, enveloppés dans
leurs manteaux, les jeunes gens discutaient des dangers
qui les attendaient.

Plongé dans ses pensées, le mage semblait plus silencieux qu'à l'ordinaire. Tout à coup, il s'approcha du feu et traça quelques signes dans la cendre. Les lignes incandescentes se mirent à vibrer dans la chaleur des flammes, dessinant une carte du royaume des Gnomes de Forge. Lentement, une voie tortueuse apparut dans les montagnes. Elle serpentait entre les anciennes guérites, ainsi que les désigna Stellarius. Il s'agissait de tours de surveillance disséminées le long du sentier. Vers l'est on apercevait la ville de Belleroche, et, plus au sud, les mines d'espérium.

– Ce sentier s'appelle le Chemin Silencieux, expliqua Stellarius. Quand nous l'emprunterons, nous devrons faire très attention aux condors qui, pendant la journée, surveillent ces montagnes.

– Des condors ? s'étonna Spica.

– Oui. Quand le royaume a été conquis, les condors ont fait alliance avec l'Armée Obscure. Ils sont doués d'une vue très perçante : s'ils nous repèrent, ils donneront l'alarme. De plus, ils sont très dangereux car, comme tous les animaux nés au royaume des Gnomes, ils conservent leur taille normale et sont donc immenses par rapport aux Gnomes et à quiconque venant de l'extérieur. Souvenez-vous que toute créature qui traverse le Portail se voit rapetissée par la magie des Fées.

– Les condors sont utilisés comme sentinelles ? demanda Ombrage.

– Oui, mais pas seulement. Ils sont surtout employés à transporter l'espérium. Une fois extrait des mines, le métal est chargé sur des chariots qu'on attache aux pattes des condors. Ils l'acheminent par la voie des airs jusqu'à la Citadelle de la Ciselure, où il sera travaillé. Il fut un temps où les Gnomes se servaient aussi des condors comme montures, mais à présent ils sont alliés aux forces ennemies et ils sont beaucoup plus…

Soudain Stellarius s'interrompit et se tourna vers l'entrée de la grotte. Un léger bruit avait attiré son attention.

Dans le silence, le bruit se répéta et, d'un coup, le museau gigantesque d'une hermine surgit dans l'ouverture de la grotte. Soufretin poussa un faible grondement et lança un jet de flammes vertes, tandis que les jeunes gens mettaient la main sur leurs armes. Ils réalisaient à présent à quel point leur taille avait été réduite.

Stellarius les retint d'un geste de la main.

– Arrêtez !

L'hermine souffla et, sans cesser de les observer de ses grands yeux brillants, se glissa lentement à l'intérieur de la caverne, tout en découvrant l'extrémité de ses dents acérées.

Derrière elle apparut une silhouette coiffée d'un long chapeau pointu.

– Cesse de grogner, Mordicante ! lança une voix grave.

L'animal obéit immédiatement et examina les jeunes gens de haut en bas. Puis elle se lécha une patte.

– J'ai fait aussi vite que j'ai pu, mage ! Avec cette tempête, je craignais que vous ne vous soyez perdus...

Stellarius laissa poindre un sourire malicieux.

– C'est un plaisir de constater que, pour une fois, mon message a été reçu dans les temps. Et c'est encore un plus grand plaisir de te rencontrer. Est-ce que je me trompe, ou es-tu le jeune Diamantis ? Tu es l'exact portrait de ton père ! Comment vas-tu ? Et comment va-t-il ?

– Tu as deviné, mage, oui, je suis Diamantis. Mon père est mort l'hiver dernier. Il t'a attendu très longtemps, dit le Gnome avec amertume.

– Je regrette... murmura Stellarius, en fermant les yeux pour dissimuler la douleur que lui causait cette nouvelle. Viens près du feu et réchauffe-toi. Nous avons besoin de ton aide. D'abord pour savoir ce qui s'est passé en mon absence...

Les Elfes échangèrent des regards stupéfaits, tandis que le Gnome s'approchait du feu. Ils découvraient un visage jeune et décidé, légèrement rougi par le froid et serti de deux yeux couleur pierre. Des cheveux courts châtains sortaient du bord de son chapeau jusqu'au col de fourrure de son épais blouson.

Le Gnome soupira d'aise puis, se tournant vers les compagnons de Stellarius, il s'exclama :

– J'aimerais tellement vous dire « Bienvenue dans ce pays de roches et de neige », mais désormais, pour un nouvel arrivant, il y a bien peu de raisons de se réjouir.

– Merci à vous. C'est un honneur d'être accueilli dans le royaume des Gnomes de Forge, répondit courtoisement Ombrage.

Le Gnome esquissa un léger sourire. Il était jeune, mais plus âgé qu'eux. D'un geste énergique, il chassa la neige de ses moustaches et de sa barbe en bataille.

– Ainsi tu es le nouveau Maître Armurier de Belleroche... commença Stellarius.

– Oui, répondit le Gnome avec un hochement de tête. Mais ça ne signifie plus grand-chose aujourd'hui. Depuis que la ville est passée sous le contrôle des Scélérats et de leur chef, l'Implacable, les Maîtres ne servent plus à rien, si ce n'est à vérifier que les armures sont bien faites.

Puis il ajouta d'un ton plus gai :

– Eh bien, je dois vous avouer que j'avais hâte de venir.

– Et pourquoi ? demanda Regulus.

– Parce que je suis armurier, par tous les cailloux ! Dès que j'ai appris l'existence d'une épée capable de vaincre les Chevaliers sans Cœur… comprenez-moi, j'ai eu les boyaux tordus par l'émotion.

Ombrage sentit sa hanche chauffer, et il laissa glisser son doigt le long de la garde de Poison, comme pour la rassurer.

– Puis-je la voir ? demanda le Gnome.

Après un instant d'hésitation, le jeune Elfe acquiesça. Il tira Poison de sa ceinture et la tendit à Diamantis.

4

LE SECRET DE POISON

Les flammes crépitaient. Soufretin se glissa dans l'ombre et grimpa sur les rochers à la recherche de quelque chose à manger, laissant quatre Elfes, un Gnome et un mage discuter de ce que le destin leur réservait.

Diamantis saisit l'épée d'Ombrage par la garde, avec une déférence particulière.

La lame reflétait la lumière dorée du feu, et le jeune Maître Armurier la tira vers lui, l'observant avec une attention admirative.

– Une arme vraiment bien équilibrée, assez élancée… À première vue, je dirais qu'elle a été beaucoup utilisée. Mais je n'y détecte aucun enchantement… c'est très étrange ! Par exemple, à quoi est dû ce reflet vert ? Oh ! s'exclama-t-il soudain, constatant que le gant de cuir épais avec lequel il avait touché la lame commençait à être rongé.

– Fais attention, c'est du poison, dit Ombrage.

– Du poison de scorpion géant, précisa Regulus, qui se souvenait en frissonnant du jour où son ami avait vaincu l'horrible créature.

Diamantis restitua l'épée à Ombrage.

– Maintenant je comprends, et naturellement tu es le seul à pouvoir la manier sans en souffrir.

– C'est ce qu'il semble, confirma Robinia.

Le Gnome échangea avec Stellarius un regard entendu.

– Alors je me suis trompé. Il y a bien un enchantement, mais il n'est pas sur la lame...

Regulus soupira :

– Oui... C'est sans doute de la magie des Fées. Après tout, c'est Floridiana qui nous a conduits jusqu'à cette épée...

– Oh non, je ne crois pas ! l'interrompit Diamantis en décochant un regard complice à Stellarius.

– Alors, de quelle magie s'agit-il ? demanda Ombrage avec une nuance d'impatience dans la voix.

– Vas-y, dis-le-lui, intervint le mage.

– Écoutez, ce ne sont que des suppositions, prévint Diamantis. Mais il n'existait qu'un seul peuple capable de forger une telle épée. Un peuple très ancien, dont la trace s'est perdue – les plus vieux Gnomes eux-mêmes s'en souviennent à peine. Nos histoires rapportent que ce peuple savait créer des épées qui ne reconnaissaient qu'un unique maître, dont elles partageaient la destinée...

– Les Épées du Destin, murmura Stellarius.

Le Maître Armurier acquiesça.

– Je pense que tu as été d'une manière ou d'une autre touché par le poison du scorpion.

– Ma main et mon bras étaient constellés de taches de poison, confirma Ombrage.

– De même que ton épée, continua le Gnome. Le poison l'a atteinte mais ne l'a pas attaquée. Au contraire, comme elle a été forgée dans un acier très spécial, la lame a absorbé les pouvoirs du liquide, devenant ainsi plus puissante. Et d'autre part, la même chose s'est passée pour toi.

– C'est grâce à ce poison que je parviens à tuer les Chevaliers sans Cœur, convint Ombrage.

– Ton épée et toi, vous êtes unis par un lien unique et rarissime. Si, comme je le pense, il s'agit d'une Épée du Destin, au cas où tu serais gravement blessé, l'épée en serait ébréchée. Si jamais tu étais tué... la légende nous dit que l'épée se briserait. Comme ta vie.

Les paroles du Gnome tombèrent sourdement dans le silence de la caverne.

Soufretin émit un léger grognement et revint près du feu, grignotant un objet carbonisé.

– On dit que les Chevaliers de la Rose, les seuls à posséder les Épées du Destin, furent de grands guerriers grâce à leurs armes, ajouta Diamantis en fixant Ombrage. Moi, je crois au contraire que ces armes étaient grandes parce que leurs possesseurs l'étaient. Et je crois que tu as de la chance de pouvoir en tenir une.

Comme pour donner raison à son maître, Mordicante s'ébroua et remua les oreilles.

5

LE PORTAIL OUBLIÉ

mbrage avait encore mille questions sur les Épées du Destin, mais ils avaient d'autres priorités. Stellarius interrogea longuement le Gnome sur l'Armée Obscure et sur la situation du royaume.

– Le problème, voyez-vous, c'est qu'il ne suffira pas de chasser les Scélérats et leur chef, soupira Diamantis, en se grattant la tête d'un air accablé. La vraie difficulté, c'est le sceptre de la Reine des Sorcières.

– Quel sceptre ? demanda Robinia.

– Il y a très longtemps, la Reine Noire s'est fait forger un sceptre qui, dit-on, peut engendrer des cauchemars et subjuguer les esprits. Nous n'avons eu connaissance de son existence que récemment et savons peu de choses à son sujet. Orthose et Hornblende ont trouvé une vieille malle contenant quelques notes écrites par son concepteur.

Stellarius réfléchit profondément.

– C'est sûrement ce sceptre qui a permis à la Reine

Noire de modifier les pierres catalysatrices et d'ouvrir les Miroirs des Hordes.

– Malheureusement, nous craignons qu'elle puisse faire bien pire. Quand elle aura découvert comment exploiter pleinement les pouvoirs de cet instrument, plus rien ne l'empêchera de vaincre les Fées... et le royaume de la Fantaisie sera perdu, conclut Diamantis.

– Nous devons détruire ce sceptre... déclara Ombrage.

– En supposant que ce soit possible, répondit le Gnome avec un soupir. D'abord il faudra le trouver : il est sans doute conservé quelque part au royaume des Sorcières, mais où ? Et une fois trouvé, il faudra encore le détruire, ce qui ne sera pas simple.

– Et oui... comment ferons-nous ? demanda Regulus.

– Nous ne le savons pas encore, mais Orthose, Hornblende et Sulfure sont en train de recueillir des informations, dit le Gnome avec un haussement d'épaules. Je dois donc vous emmener en ville.

– Qui sont Orthose, Hornblende et Sulfure ? s'enquit Robinia, intriguée par ces noms étranges.

– Ah oui, pardon. Sulfure est le Maître Fondeur, Orthose est le Maître Ciseleur, et Hornblende est son épouse. De toute manière, vous aurez bientôt l'occasion de les rencontrer.

– Il sera difficile de parvenir au royaume des Sorcières, murmura Ombrage, plongé dans ses pensées.

– Mais au moins nous savons comment nous y prendre, répondit le mage. Il suffira d'emprunter en sens inverse le chemin suivi par l'Armée Obscure pour conquérir les royaumes.

– Alors, nous devons d'abord trouver le Portail par lequel elle est arrivée ici... C'est celui dont tu nous as parlé, le Portail Oublié, c'est bien ça ? demanda Spica.

Le mage leva les yeux.

– Oui. Si je ne me trompe, il se situe à la sortie d'une voie appelée la Route Obscure, dans les Monts de l'Espérance. J'ignore sur quel royaume le passage débouche. Mais il s'agit sûrement d'un royaume écrasé. Réduit à néant peut-être.

Diamantis acquiesça :

– C'est probable. Parmi les nouvelles générations, personne n'a jamais vu ce Portail... C'est pour cela qu'on l'appelle le Portail Oublié. De même, nous avons perdu toute trace du peuple qui vivait au-delà. Certains racontent que son royaume avait disparu avant l'arrivée des Sorcières, d'autres que ce sont elles qui ont tout anéanti avant de venir ici...

Il se tut un instant, puis haussa les épaules et conclut :

– Pour l'instant, ma mission est de vous emmener chez les Maîtres.

– Comment ferons-nous pour entrer dans la ville sans être vus ? demanda Stellarius.

– Il existe, sous les murailles, un passage secret que les Scélérats n'ont pas découvert. C'est de cette façon que je suis sorti de la ville pour vous rejoindre. Mais une fois à l'intérieur, tout dépendra de notre habileté à ne pas nous faire voir des gardes qui patrouillent dans les rues. La ville est pleine de Scélérats, et impossible de vous faire passer pour des Gnomes, même en vous mettant un chapeau pointu.

Les jeunes gens durent admettre qu'il avait raison : ils étaient décidément trop minces pour ressembler à des Gnomes. Et bien que le Miroir des Hordes les ait rapetissés, ils étaient aussi petits que des Gnomes… hauteur du chapeau pointu comprise !

En attendant que la tempête se calme, ils décidèrent d'aller se reposer.

6

LE CHEMIN SILENCIEUX

Il fallut attendre un autre jour avant que se calme la tempête, et les jeunes gens l'employèrent à faire connaissance avec Mordicante, l'hermine, et son maître, Diamantis. Ils découvrirent que le jeune armurier était une véritable mine d'informations sur les Gnomes de Forge et sur la cité de Belleroche. Tandis que le vent commençait à faiblir, une autre nuit tomba sur les montagnes. Les jeunes gens, blottis près du feu, s'endormirent l'un après l'autre. Alors Stellarius décida de poser à Diamantis les questions qui le préoccupaient. Il avait entendu parler d'étranges mouvements du côté des Montagnes des Géants, distantes de plusieurs milles au nord-est, au-delà des Montagnes Enneigées.

– Je ne saurais t'en dire beaucoup plus, mage, répondit le Gnome en secouant la tête. Les Scélérats ne nous confient pas leurs plans. Et même si nous avons de longues oreilles, nous n'arrivons pas à obtenir autant de renseignements que nous le voudrions. Je sais seulement qu'ils ont eu un problème au Vieux Pas. Quelque chose en particulier te préoccupe ?

– Oui, quelque chose… ou plutôt *quelqu'un*. Quelqu'un qui est passé par le Miroir des Hordes avant moi, et qui a abattu les deux Scélérats qui étaient de garde. Je les ai découverts quand je suis venu en reconnaissance.

Stellarius scruta l'obscurité de la grotte, puis ajouta :

– Mais à présent, dors, mon ami. Mordicante et moi, nous monterons la garde. Il semble que la tempête touche à sa fin, et nous pourrons probablement sortir d'ici demain matin.

Diamantis s'appuya contre une pierre, et quelques instants plus tard il dormait déjà.

– Oui, demain matin nous pourrons sortir… soupira Stellarius en caressant distraitement le museau de l'hermine.

Le lendemain ils s'éveillèrent avant l'aube. Un silence ouaté enveloppait le monde autour d'eux.

– Le tempête est finie ! s'exclama Regulus de l'entrée de la grotte en découvrant un morceau de ciel bleu azur.

– Alors nous pouvons partir ! dit Spica.

En souriant, elle se délecta de la bonne odeur qui se dégageait de sa tasse toute chaude.

– Où est Stellarius ? s'inquiéta Ombrage – ni le mage ni l'hermine n'étaient dans la caverne.

– Parti en reconnaissance avec Mordicante, le rassura le Gnome. Nous devons attendre son retour.

Les jeunes Elfes préparèrent les sacs, puis s'assirent pour attendre Stellarius. Leur impatience était à son comble quand Diamantis s'exclama :

– Les voici !

Les jeunes gens tendirent l'oreille, mais ne percevaient aucun bruit.

– Je n'entends rien... Comment le sais-tu ? demanda Regulus.

– Eh bien, je vis dans la neige depuis que je suis né. Chacun de ses crissements, pour moi... est comme une voix.

Il n'avait pas terminé sa phrase que, déjà, le museau de Mordicante se profilait dans la caverne. Stellarius se pencha légèrement, puis descendit de selle et salua tout le monde. Mais sa mine était grise et préoccupée.

– Alors ? dit le Gnome, devançant les jeunes gens.

– Tu avais raison. Quelques-unes des anciennes guérites, les postes de garde le long du sentier, abritent des Ensorceleuses de la Glace. Nous devrons être très prudents.

– Des Ensorceleuses de la Glace ? s'étonna Spica.

– Oui. Ce sont des sortes de couleuvres des neiges. Elles sont très dangereuses, car elles transforment en glace quiconque les approche, ensuite elles le tuent... Maintenant, allons-y.

– J'ai apporté des raquettes de neige, dit Diamantis.

– Mais elles vont laisser des traces très faciles à suivre, observa Ombrage.

– Oh, ne vous en faites pas... Pourquoi croyez-vous que je voyage avec Mordicante ?

– Pour ne pas te fatiguer ? tenta Regulus.

– Pour te réchauffer ? ajouta Robinia.

Diamantis éclata de rire.

– Les deux raisons sont valables ! Mais c'est surtout parce que Mordicante a une queue merveilleuse, qui balaie la neige et efface toutes les empreintes !

Aucun Gnome de Forge n'avait jamais chevauché une hermine, avant la conquête du royaume par les Sorcières. Autrefois, nous volions.

– Sur des condors ? demanda Ombrage.

– Oui, mais les condors sont passés dans le camp des Scélérats. Peut-être sous l'effet de la sorcellerie, qui sait… En tout cas ils nous ont trahis. Lors des dernières batailles avant la défaite, l'arrière-grand-père de Mordicante fut blessé et soigné en secret par les Gnomes ; c'est à ce moment que nous avons scellé notre association. Mais nous l'avons cachée, pour la sécurité des deux parties. Sur la neige, il restera *uniquement* des empreintes d'hermine, sourit Diamantis en lançant un clin d'œil à Mordicante. Et elles n'éveilleront pas les soupçons.

– Très bien, intervint Stellarius. Je prendrai la tête du groupe, à pied, et vous, jeunes gens, vous me suivrez. Faites attention à bien avancer l'un derrière l'autre. Il faudra transporter Soufretin dans un sac, je ne pense pas que la neige lui fasse du bien, et pas question qu'il aille fureter dans les environs… Diamantis, tu fermeras la marche en chevauchant Mordicante, qui effacera nos empreintes.

– Oui, c'est exactement ce que j'avais pensé, conclut le Gnome. Il faudrait se mettre en route maintenant.

À l'extérieur de la caverne, tout un monde apparut aux jeunes gens, dans sa beauté gelée et scintillante. Les cimes rocheuses des Montagnes de la Cisaille s'élançaient, impérieuses, au-dessus des autres monts, qui s'étendaient à perte de vue tout autour.

Obéissant aux ordres de Stellarius et du Gnome, le groupe s'engagea sur le sentier qui menait vers le Chemin Silencieux, laissant derrière lui le Miroir des Hordes désormais scellé par le mage. La neige fraîche recouvrait tout et empêchait leur progression. Malgré les raquettes, la marche était lente et difficile, et le froid piquant ne leur simplifiait pas la tâche.

Au bout d'un moment apparurent à l'horizon les premières ruines des anciennes guérites.

Jadis, ces guérites resplendissaient de mille feux, leur avait raconté Diamantis. Elles servaient à guider les voyageurs durant les périodes les plus difficiles de l'année : le peuple des Gnomes de Forge s'était toujours montré très accueillant envers les étrangers. À présent, les feux étaient éteints : les Sorcières ne semblaient pas apprécier les intrus…

Un peu avant midi, ils atteignirent le point où le petit sentier rejoignait le Chemin Silencieux : celui-ci serpentait à travers les rochers des montagnes. En continuant au même rythme, ils arriveraient à Belleroche de nuit.

Les anciennes guérites se dressaient, imposantes dans le calme alentour. Spica était captivée par ce majestueux spectacle.

Ombrage s'approcha du mage, dont les yeux bleu foncé scrutaient l'obscurité.

– Belleroche se trouve derrière ces gigantesques crêtes, murmura Stellarius avec un signe de tête, tandis que Diamantis les rejoignait d'un pas léger.

– Est-ce que le trajet sera dangereux ? demanda Ombrage.

– Tout dépend si nous croisons ou non les Ensorceleuses, répondit Stellarius.

– En as-tu déjà repéré une ? l'interrogea le Gnome.

– Au moins trois.

Ombrage, qui n'en voyait aucune, essaya d'affiner son regard, et tandis que le Gnome explorait le paysage, il demanda :

– Où ?

– Là… tu vois cette bande de neige qui semble se perdre dans le vide ? Les Ensorceleuses glissent juste sous sa surface, dit Stellarius.

– Oui, et quand tu vois leur tête blanche pointer au-dessus du manteau neigeux, il est trop tard. Elles sont déjà à portée de morsure, ajouta Diamantis. Elles te congèlent et aspirent lentement tes substances vitales. Elles ne laissent que les os.

Ombrage tressaillit ; il venait d'apercevoir une lueur dans la neige et discerna deux des trois Ensorceleuses. L'une se trouvait assez loin du point de passage, mais tout à coup il

vit l'autre glisser rapidement jusqu'à l'embouchure du sentier et s'immobiliser. Comme si elle pressentait qu'une proie allait descendre par là.

– Bientôt elle va se déplacer pour inspecter son territoire ; dès qu'elle s'éloignera, nous en profiterons pour descendre par groupes de deux, car à cet endroit, le sentier devient étroit et escarpé, et nous risquons de nous faire remarquer. Une fois que nous aurons atteint le Chemin Silencieux, nous filerons vers la guérite la plus proche, proposa Diamantis.

Stellarius secoua la tête.

– Non : un jeune descendra avec toi et un avec moi, nous reviendrons chercher les autres.

– Ça prendra beaucoup trop de temps ! protesta Diamantis.

Puis, montrant Robinia qui frissonnait de tout son corps, il ajouta :

– Elle ne résistera pas longtemps au froid.

– Mais il n'y a que toi et moi qui savons repérer les Ensorceleuses, répliqua Stellarius.

Ombrage retint son souffle un instant, puis intervint :

– Je pense que je peux les distinguer. Au moins deux d'entre elles.

Deux paires d'yeux surpris et inquiets le scrutèrent, puis Diamantis acquiesça :

– Ce jeune homme est notre seule chance de nous en sortir, mage.

Stellarius secoua la tête et il s'éloigna pour parler à Robinia. Il lui posa la main sur le front, puis revint, le visage sombre.

– Tu as raison : elle va très mal... C'est d'accord, je prendrai Spica avec moi. Toi, Diamantis, tu t'occuperas de Robinia ; la seule solution est de la transporter sur Mordicante. Vous descendrez en premier. Bientôt, elle ne tiendra plus sur ses jambes. Ensuite les deux jeunes descendront, et enfin ce sera mon tour avec Spica, conclut Stellarius en dirigeant son regard vers Ombrage.

– Regulus et moi nous réussirons, affirma-t-il d'un ton décidé.

– Je l'espère, mon garçon. Je ne voudrais pas regretter ma décision.

Le jeune Elfe avala sa salive et ses yeux se portèrent sur les Ensorceleuses.

L'Ensorceleuse la plus proche du sentier fit un mouvement rapide : elle quittait sa place pour aller chasser. C'était le moment. Le Gnome lança le signal et fit claquer les rênes de cuir. Mordicante, portant sur son dos le Gnome et Robinia, bondit dans la neige en laissant une longue traînée derrière elle. Très vite, elle fut sur le sentier et parvint à la guérite. Elle se dissimula derrière les ruines.

– Allez, à vous deux, maintenant ! ordonna Stellarius d'un ton sans réplique.

Les deux jeunes Elfes bondirent sur le sentier. Le chemin était si pentu qu'il s'en fallut de peu que Regulus ne roule par terre, tandis qu'Ombrage glissa par deux fois dans la neige glacée. Mais tous deux parvinrent à rejoindre

Robinia et Diamantis. Ils se mirent à l'abri derrière les ruines de la guérite, juste avant que l'Ensorceleuse ne revînt de sa ronde mortelle. Puis tous se retournèrent dans l'attente de leurs compagnons.

L'Ensorceleuse glissa sous la neige et se posta au bout du sentier… mais soudain son museau pointa au-dessus de la surface : elle avait flairé quelque chose.

– Zut ! grogna le Gnome. Elle a compris que quelqu'un était passé par là.

– Comment a-t-elle fait ? demanda Regulus, inquiet pour sa sœur, même s'il la savait avec Stellarius.

– C'est une créature des montagnes : elle aura senti l'odeur de la neige remuée.

– Que va-t-elle faire ? demanda Ombrage, sans détacher son regard de la crête rocheuse.

– Elle va probablement rester là, sur le qui-vive… et ça pourrait durer des heures.

– Zut ! grogna Regulus à son tour, en jetant un coup d'œil vers Robinia, dont le visage pâle ressemblait maintenant à une statue de marbre.

– Je ne la vois plus ! Où a-t-elle filé ? s'exclama Ombrage dans un cri étouffé, tandis qu'il cherchait désespérément à distinguer la silhouette de l'horrible créature sous la surface immaculée scintillant sous la lune.

Il lui fallut une seconde pour repérer la longue traînée, une autre pour comprendre ce qui se passait… et ce fut trop tard. À cet instant précis Mordicante souffla, puis se tut. Tous se retournèrent.

– Oh non ! gémit Diamantis en pâlissant.

L'Ensorceleuse avait contourné la guérite et visait Robinia !

Le Gnome mit la main à sa ceinture afin d'y prendre un projectile pour sa fronde, mais s'aperçut soudain qu'il ne pouvait pas s'en servir : Mordicante et Robinia étaient dans son champ de tir.

Rapidement, Ombrage analysa la situation : non, il était trop loin pour utiliser Poison.

Quand Regulus fit mine de bouger, Diamantis l'arrêta :

– Stop ! Sinon elle va mordre tout de suite !

Le jeune Elfe s'immobilisa avec un frémissement de désespoir.

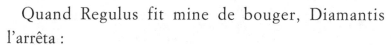

Robinia, le regard embué et vague, était comme hypnotisée par les yeux vitreux de l'Ensorceleuse.

Le sort de la jeune fille et de l'hermine semblait désormais scellé. Mais subitement une flèche siffla dans l'air. Précise et imparable, elle passa entre Ombrage et Diamantis pour fondre sur l'Ensorceleuse. Il y eut un jet bleu pâle, puis Mordicante grogna à nouveau et bondit en arrière.

Robinia gémit faiblement et tomba dans la neige.

Ombrage vit deux silhouettes qui couraient à leur rencontre. Ses yeux croisèrent ceux de Spica, dont l'arc magique scintillait sous la lune. Stellarius rejoignit Regulus penché sur Robinia, tandis que Diamantis caressait le museau de Mordicante.

Ombrage sourit à Spica.

– Merci.

– J'ai eu peur de rater, dit la jeune fille en poussant un soupir de soulagement.

– Mais tu as réussi, répliqua Diamantis, tout en tirant le corps sans vie de l'Ensorceleuse de la neige où elle était enfouie.

C'était un long serpent

au corps visqueux et blanchâtre, avec quatre pattes minuscules, comme atrophiées. Il la roula et la rangea dans son sac.

– Que comptes-tu en faire ?

– Avec la peau, nous confectionnons des manteaux qui rendent quasiment invisible. Les yeux sont utilisés pour composer un sirop qui protège du gel.

– Il en faudrait un peu pour Robinia, dit Regulus à cet instant.

Tous se tournèrent vers l'Elfe, qui installait la jeune fille épuisée sur le dos de Mordicante.

– Je vais bien, prétendit-elle dans un filet de voix. Seulement, j'ai tellement sommeil… murmurèrent ses lèvres violacées, tandis qu'une boucle de ses cheveux tombait sur son front.

Stellarius secoua la tête, inquiet.

– Elle est en train de geler… Il lui faut un feu.

Diamantis prit les raquettes de la jeune fille et soupira :

– Alors faisons vite, le temps presse. Nous devons atteindre Belleroche.

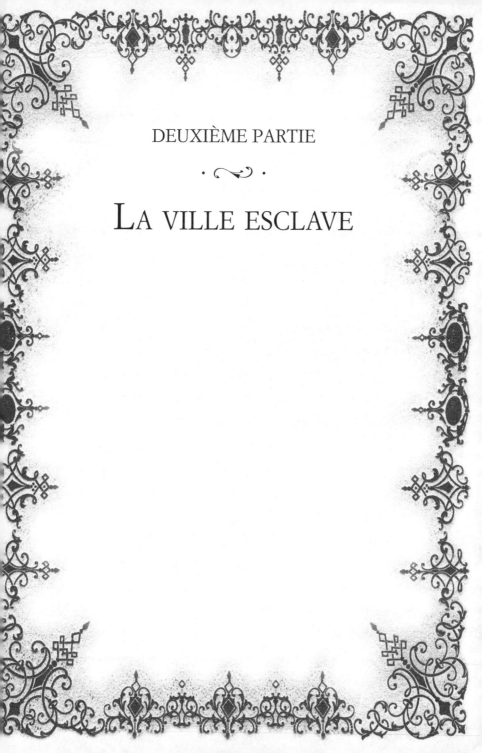

DEUXIÈME PARTIE

La ville esclave

7

DANS LES MURAILLES

Par bonheur, le reste du sentier n'était pas surveillé par d'autres Ensorceleuses, et le trajet se déroula sans grande difficulté.

La nuit tomba soudain, le froid devint plus piquant. Tout à coup, au-delà d'une crête rocheuse abrupte, devant les voyageurs, se découpa la silhouette noire de Belleroche. L'imposant profil de la cité, avec ses murailles et ses tours rondes nimbées de la lumière pâle des lanternes, laissa les jeunes Elfes bouche bée.

Bientôt la ville fut si proche qu'ils purent distinguer les étendards des armées noires qui claquaient au vent au-dessus des tours.

Diamantis guida le groupe le long des murailles. Déjouant la surveillance des Scélérats, ils se faufilèrent derrière les rochers pointus qui cernaient Belleroche comme une couronne minérale. Le plan de la ville épousait la forme irrégulière de l'éperon rocheux sur lequel elle se dressait. Ses murailles semblaient prolonger la roche elle-même.

Constituées d'énormes blocs de pierre parfaitement géométriques et imbriqués les uns dans les autres, elles paraissaient imprenables.

À pas furtifs, ils parvinrent en bas d'un rocher en forme d'ours et se mirent à l'abri entre ses pattes. Diamantis poussa un soupir de soulagement, tandis que Stellarius surveillait l'état de Robinia, dont la respiration devenait si faible qu'on aurait pu douter qu'elle fût encore en vie. Avec des gestes rapides mais précis, le Gnome dégagea la neige accumulée dans une fissure de la roche. Puis il y glissa son bras jusqu'au coude et actionna un levier. On entendit un léger bruit de pierres frottant l'une contre l'autre.

Tout à coup, la terre commença à engloutir la paroi rocheuse, et une gigantesque bouche s'ouvrit devant les voyageurs. Stellarius, qui ne connaissait pas ce passage, sourit et murmura aux jeunes gens stupéfaits :

– Les Gnomes ont toujours été des ingénieurs exceptionnels…

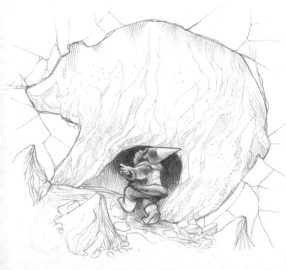

– Tu peux le dire plus fort, marmonna Diamantis avec orgueil.

Et, d'un saut léger, il pénétra à l'intérieur.

Mordicante se faufila à son tour dans le couloir secret, aussitôt suivie par les jeunes Elfes. Devant eux, un vaste réseau de grottes naturelles, reliées entre elles par des galeries et des escaliers, s'étendait sous la ville.

L'hermine s'arrêta dans une des grottes, où un vieux Gnome, barbu et boiteux, aida Diamantis à s'occuper de Robinia. Quelques hermines saluèrent leur arrivée en remuant la tête. D'épais rideaux masquaient les différents passages, à l'entrée desquels on voyait poindre des visages intrigués qui examinaient les nouveaux venus.

Diamantis retira la selle de Mordicante, tandis que Robinia quittait les bras de Stellarius pour disparaître dans l'obscurité.

– Où l'emmènent-ils ? demanda Regulus, anxieux.

– Ne t'en fais pas pour ta sœur, elle est en de bonnes mains, dit Diamantis. Nous la rejoindrons dans la maison de Rutilus, le Maître Cuirassier. Elle se trouve juste à côté de celle de Cuprum, le guérisseur. C'est l'endroit le plus sûr pour vous cacher.

– Où mènent ces galeries ? interrogea Regulus.

– Dans la ville. Certaines débouchent directement dans

les maisons. Ce sont des grottes naturelles, creusées par les eaux. Quand Belleroche fut fondée, nous n'aurions jamais pensé qu'un jour elles nous serviraient à nous cacher, bougonna Diamantis. À présent, nous les utilisons pour sortir clandestinement de la ville, et comme écuries pour les hermines.

– Donc personne ne nous a vus pénétrer dans la ville ? demanda Ombrage, un peu étonné.

– Exact, répondit Stellarius. Venez, maintenant. Vous avez besoin de repos.

Les jeunes gens, épuisés et transis, disparurent à sa suite dans l'obscurité.

Diamantis resta seul avec son hermine.

– Des Elfes… et même une Épée du Destin… Qui aurait pu imaginer ? dit-il en se grattant la tête.

8
MESSAGES CODÉS

Le sentiment d'un danger imminent. L'obscurité des grottes sous la ville de Belleroche. Et surtout le froid... cette sensation de ne plus sentir ses mains, ni ses jambes...

Soudain, Ombrage s'éveilla en sursaut et se dressa dans son lit. Il se trouvait dans une petite chambre au plafond bas, avec de larges voûtes décorées de dessins géométriques.

L'unique fenêtre était fermée et les volets étaient baissés. Pourtant une faible lumière éclairait la pièce. Il se souvint alors de la nuit précédente, de Rutilus, ce Gnome à la barbe en bataille, aux yeux marqués de rides très fines, avec un chapeau rouge vif orné de broderies sombres. Il lui avait ouvert la porte de cette chambre en s'excusant :

– Je regrette mais nous devons laisser la fenêtre fermée, les Scélérats pourraient vous repérer.

Puis il était sorti.

Ombrage ne pouvait voir s'il faisait encore nuit, mais les gargouillis de son estomac l'avertirent qu'il était temps de se lever. Il entendit un bruit dans le couloir : quelque chose grattait à sa porte. Il s'habilla en hâte et ouvrit la porte.

Soufretin entra en trombe, manquant de le renverser.

– Ah, c'est toi ! s'exclama l'Elfe en se baissant pour caresser les plumes de sa petite tête. On dirait que tu as repris des forces… Et Robinia, comment va-t-elle ?

Le petit Dragon émit un grognement et le tira par la manche vers le corridor.

– Oui, j'ai compris, je viens ! dit le jeune homme.

La maison du Maître Cuirassier était immense, mais la plupart des pièces étaient closes. Ombrage mit une dizaine de minutes avant de parvenir jusqu'à la partie habitée de l'édifice, où l'ambiance était bien plus accueillante, chaude et lumineuse. Il entendit des voix derrière une porte entrouverte, et quand il avança, il trouva Regulus et Spica en train de bavarder.

– Bonjour, comment ça va ?

– Beaucoup mieux ! s'exclama Regulus d'un ton joyeux.

– Et Robinia ? demanda Ombrage.

– Son état s'améliore, mais il lui faudra encore un jour ou deux pour se remettre complètement. C'est grâce à Cuprum, le guérisseur. Heureusement, la mixture d'hier a suffi à nous redonner des forces... Répugnante, mais vraiment efficace. Par contre, Robinia devra boire cet horrible sirop d'œil d'Ensorceleuse pendant encore deux jours, dit Regulus d'un air dégoûté.

– Tu veux la voir ? ajouta Spica.

Ombrage acquiesça.

– Depuis quand êtes-vous réveillés ? l'interrogea-t-il, tandis qu'elle lui prenait le bras pour sortir de la pièce et que Regulus se mettait doucement debout.

– Oh, nous nous sommes levés tôt ce matin... Tu sais que j'ai le sommeil léger. Et Regulus avait tellement faim : son estomac a fonctionné comme un réveil !

La jeune fille frappa à une porte. Dès qu'elle s'ouvrit, Soufretin bondit à l'intérieur, tellement vite qu'il heurta Rutilus.

– Maudite créature ! protesta le Gnome. Vous feriez bien de lui apprendre la politesse !

– Pardon, bredouilla Spica en rougissant. Nous voudrions voir Robinia.

Le Gnome laissa passer les jeunes gens, puis sortit en maugréant :

– Pfff, c'est sans doute une sous-espèce de Dragon qu'on trouve seulement au royaume des Forêts…

Les Elfes s'approchèrent du lit de Robinia : ils virent avec plaisir qu'elle pouvait s'asseoir et qu'elle souriait. Elle cherchait à tenir à distance Soufretin tout en le caressant.

– Figurez-vous que je dois ingurgiter une potion épouvantable… se lamenta-t-elle.

Regulus ricana, mais Spica lui envoya un coup de coude et déclara :

– Comme disait toujours notre nourrice Mérope, il n'existe pas de médicament à la fois efficace et agréable !

– Alors celui-là doit être prodigieux !

– Il t'a déjà redonné un peu de couleurs ! Tu sais que tu nous as fait une sacrée peur ? ajouta Ombrage.

– Pardon de vous avoir causé du souci, murmura Robinia, un peu confuse. Mais maintenant je vais mieux. Et vous, comment ça va ?

– Bien, sauf que mon frère a passé presque toute la nuit éveillé ! répondit Spica.

– Ben oui, soupira Regulus. Mes jambes me faisaient tellement mal que je ne pouvais pas les déplacer ! Je n'arrivais même pas à me retourner dans le lit. Tu n'es pas la seule à avoir souffert du froid.

– Mais tu peux les bouger, toi, maintenant, bougonna Robinia en tâtant ses jambes à travers l'épaisse couche de couvertures d'un air consterné.

– Oui, mais j'ai encore du mal à marcher, répliqua Regulus.

Comme s'ils avaient oublié qu'ils étaient au cœur d'un royaume dominé par l'ennemi, les jeunes Elfes passèrent plusieurs heures à rire et à plaisanter, simplement heureux d'être encore tous ensemble.

Quand Rutilus apporta de quoi manger, les quatre amis firent honneur à la cuisine. Le Gnome leur apprit que Stellarius s'était rendu à la vieille bibliothèque de la Salle du Conseil, abandonnée depuis des années. Puis le Maître Cuirassier, affable et curieux, les interrogea sur leur royaume : avaient-ils vraiment réussi à le libérer des hordes des Sorcières ? Et comment ?

À peine avaient-ils commencé à le lui raconter que le tintement du carillon retentit dans le couloir et que le Gnome sauta sur ses pieds.

– Que se passe-t-il ? demanda Ombrage.

– Il y a quelqu'un à la porte, dit Rutilus, soucieux. Restez ici. Je vais voir ce que c'est.

Les Elfes tendirent l'oreille, en vain. Puis les pas de Rutilus résonnèrent à nouveau.

La porte s'ouvrit et le Gnome sourit.

– Pas d'affolement, c'était seulement la petite Tourmaline qui m'apportait un bol de soupe gnomarienne. Les Scélérats n'interdisent pas que les enfants m'apportent de la nourriture, dit-il en riant doucement. Vieux et fatigué comme je suis… Ils n'imaginent pas qu'ainsi, nous nous transmettons des messages.

– Comment ? s'enquit Robinia.

Soufretin émit une gerbe de flammes d'un vert pâle, et lui aussi roula des yeux attentifs sur le Gnome.

– Rien n'est pire que de se sentir prisonnier dans sa propre maison, je vous assure. Les Scélérats ne nous laissent pas sortir, ni nous voir ou nous réunir, car ils craignent que nous organisions une révolte. Mais on ne peut pas empêcher les Gnomes de Forge de communiquer entre eux !

Tout en parlant il renversa le contenu du bol dans la cheminée. Il y eut un crépitement, et une odeur de chou et de légumes brûlés envahit la pièce. Mais la flamme du foyer ne s'éteignit pas. Au contraire, durant un court instant, elle se teinta d'un bleu vif. Les jeunes en restèrent bouche bée.

– Mais… la soupe… balbutia Robinia.

Le Gnome éclata de rire.

– Oh, par toutes les avalanches, la gnomarienne est un des plats les plus dégoûtants qui soit ! Et de toute façon elle n'a pas été préparée pour que je la mange : tout cela fait partie du message, comme je vous le disais.

– La soupe… était un code ?!? s'exclama Ombrage, éberlué.

– Mais bien sûr, mon jeune ami ! Il faut faire travailler son cerveau quand on est constamment surveillé comme nous le sommes. Il y a certaines choses de Belleroche que les Scélérats ne savent pas, déclara-t-il fièrement. Le message était le suivant : « SOUPE GNOMARIENNE, BOL DE BOIS et FLAMME BLEUE. »

Il ricanait dans sa barbe.

Les jeunes Elfes étaient de plus en plus perplexes.

– Et ça veut dire quoi ? demanda Regulus.

– La gnomarienne signifie « réunion » – nous l'avons choisie comme symbole des Cinq Maîtres de la cité car elle contient cinq ingrédients. Le bol de bois représente la « salle ronde », c'est-à-dire la forge qui se trouve au cœur de ma maison.

– Et la flamme bleue ?

– Bleu signifie « ce soir ». Rouge aurait voulu dire « demain », et jaune « après-demain ». Pensez-vous que les Scélérats puissent y comprendre quelque chose ? Non. Et c'est pourquoi ils laissent les enfants du Maître Ciseleur apporter des soupes à la moitié de la ville sans rien suspecter… Ils pensent encore moins à suspecter la nourriture depuis que la pauvre Hornblende est obligée de leur faire la cuisine à la Vieille Taverne.

Tout en parlant, il tapotait le bol.

– Très bien, ajouta-t-il en se frappant le ventre, il vaudrait mieux que je commence à tout préparer. Les autres vont bientôt arriver.

– Je peux t'aider ? proposa Spica.

– Tu plaisantes, ma petite fille ! Vous êtes mes invités, et dans la maison d'un Gnome les invités ne travaillent pas ! De plus, je parie que vous avez plein de choses à vous raconter ! dit-il en riant.

Il leur fit un clin d'œil et sortit en se demandant ce qu'il allait bien pouvoir cuisiner avec ses maigres provisions.

Quand le Gnome fut sorti, un lourd silence s'installa.

– Quel étrange personnage, murmura Robinia.

Ombrage soupira. Les Gnomes de Forge étaient un peuple fier et insoumis, enfermé dans une prison dont il serait difficile de s'échapper. Pourtant ils ne s'étaient jamais résignés.

– Vous croyez que Stellarius sera là ce soir ? reprit Spica.

– Mais bien sûr ! Tu n'as pas entendu ? Ce soir, il y aura une grande réunion, répondit Regulus.

Ombrage acquiesça.

– Qu'est-il donc allé chercher dans cette vieille bibliothèque ?…

– Peut-être des renseignements sur le sceptre de la Reine

Noire, ou sur le Portail Oublié. Ce mage sera toujours un mystère pour moi, intervint Regulus, pensif.

– Vous êtes-vous déjà demandé d'où il venait ? s'enquit Spica. Je veux dire… il est différent de nous. Il n'a pas d'étoile sur le front, il est connu dans tous les royaumes et puis… ici ils l'appellent simplement « mage ». Ce matin, quand j'ai mentionné Stellarius, Rutilus n'a pas compris de qui je parlais. Comment est-ce possible ?

– Peut-être se fait-il appeler d'un nom différent dans chaque royaume, supposa Robinia. C'est curieux d'ailleurs que les habitants des différents royaumes aient chacun un genre de noms particulier, non ? Ceux des Gnomes sont étranges. Avez-vous une idée de ce qu'ils signifient ?

– Ce sont des noms de pierres ou de minéraux. Rutilus m'a expliqué que le sien désigne un minéral de couleur rougeâtre, répondit Regulus, qui s'était beaucoup intéressé aux minéraux en lisant les livres de la bibliothèque de son père…

En pensant à sa maison, il sentit une bouffée de nostalgie monter en lui. Il tenta de la chasser par un sourire.

Après tout, c'était logique, songea Ombrage. Au royaume des Forêts, les Elfes portaient des noms d'arbustes et d'arbres, au royaume des Étoiles des noms de constellations et d'astres… et les Gnomes de Forge avaient des noms de pierres et de minéraux. Mais alors, d'où venaient donc son nom et celui de son père, Cœurtenace ? Pourquoi avaient-ils des noms si différents de tous les autres ?

– Il n'y a pas que leurs noms qui sont étranges, reprit Robinia. Par exemple, ils n'ont ni rois ni reines.

– Et ils n'en ont jamais eu ! ajouta Spica.

– Oui, confirma Regulus en haussant les épaules. D'après ce que j'ai compris, avant la conquête par l'Armée Obscure, c'étaient les Maîtres qui gouvernaient la ville.

– Les Gnomes les plus sages, renchérit Robinia, tandis que Soufretin descendait du lit et sautillait vers le bol posé sur le banc pour jouer avec.

La voix de Stellarius les surprit tout à coup.

– Parfait ! Je vois que vous avez repris des forces… en tout cas assez pour vous intéresser à la ville de Belleroche et à ses habitants, dit-il avec un sourire qui masquait une profonde anxiété.

– Tu sais des choses à ce sujet, Stellarius ? demanda Spica.

– Suffisamment pour satisfaire votre curiosité. Il

n'existe pas que des royaumes gouvernés par des rois et des reines : certains peuples sont dirigés par des Grands Conseils de citoyens. Belleroche fut fondée par cinq Gnomes forts et courageux, maîtres dans les arts de la fonte, de la forge et de la ciselure… et depuis lors cinq maîtres représentent les habitants au Conseil citoyen. Il y a aussi, ou plutôt il y avait, un Vieux Maître à la tête de la ville.

– C'est-à-dire une sorte de roi ? l'interrogea Regulus.

– Non, pas un roi, simplement un Gnome choisi parmi les anciens qui avaient le grade de Maître. Le Vieux Maître n'aurait jamais accepté d'être appelé roi, et les Gnomes se sentiraient offensés de vous entendre le désigner ainsi. Ils se sont toujours considérés comme faisant tous partie de la ville *au même titre*. Tant que vous ne comprendrez pas ceci, vous ne comprendrez pas le peuple des Gnomes. Ce sont eux les véritables « pierres » dont est bâtie Belleroche. Sans eux, il n'existerait aucune ville ici, où la montagne est cruelle et le gel impitoyable. Et ils l'ont construite *ensemble* ! De même, c'est ensemble que les Cinq Maîtres, présidés par le Vieux Maître, discutaient des affaires de la ville. Il n'y a pas un seul Gnome qui n'aime passionnément Belleroche et qui ne soit prêt à faire tout son possible pour le bien commun.

– Au fond, c'était comme si chacun était roi de la cité, observa Ombrage.

Le regard de Stellarius s'éclaira.

– Voilà ! C'est exactement ça ! Et c'est ainsi que chaque roi devrait se comporter : comme un simple citoyen qui œuvre pour le bien de tous.

Puis il ajouta :

– Ils discutaient des problèmes ensemble et les solutions étaient votées par les Maîtres à la majorité.

– Et ils parvenaient toujours à se mettre d'accord ? insista Regulus, qui continuait à trouver bizarre qu'un royaume n'ait pas de roi.

– Vous verrez cela ce soir. Ainsi que Rutilus vous l'a certainement déjà appris, un Conseil secret des Cinq Maîtres va se tenir aujourd'hui. Et, comme vous êtes le sujet de la réunion, vous y êtes invités.

Spica demanda avec inquiétude :

– Mais n'est-il pas dangereux pour eux de se réunir sous le même toit ? Les Scélérats ne s'en apercevront-ils pas ? Ou bien y a-t-il des passages secrets pour venir ici ?

– Non, répondit le mage. Ils devront prendre les rues de la ville en essayant de ne pas se faire voir par les sentinelles. Mais les Gnomes de Forge savent se débrouiller, et ils

savent aussi que la libération de leur ville a un prix.
Nous verrons ce soir s'ils sont disposés à payer ce prix.
Exactement comme vous êtes prêts à le faire pour le
royaume de la Fantaisie. Est-ce que je me trompe ?

9

LES CINQ MAÎTRES

Ce soir-là, les Gnomes arrivèrent un par un dans la forge de la maison du Maître Cuirassier, se faufilant à travers les rues de Belleroche, au risque d'être découverts et emprisonnés dans les mines, comme c'était déjà arrivé à plusieurs de leurs compagnons. Rapides et furtifs, ils passèrent sous le nez de leurs ennemis à la faveur de l'ombre, et grâce à leurs manteaux en peau d'Ensorceleuse qui les rendaient presque invisibles.

La lune était haute dans le ciel quand la forge commença à s'emplir de voix et de chapeaux pointus. C'était une pièce ronde, dominée par une cheminée noircie par la fumée. Les Gnomes participant à cette rencontre, que Regulus avait baptisée « réunion de la soupe », s'embrassèrent comme s'ils ne s'étaient pas vus depuis très longtemps. Puis, tandis que Rutilus servait du ragoût de sanglier dans des bols de métal, ils se présentèrent aux nouveaux venus.

Diamantis les salua en souriant. Puis ce fut le tour de Sulfure, le Maître Fondeur, un Gnome solide comme un bloc de pierre, arborant une barbe hirsute et un chapeau jaune paille ; ensuite de Galène, une Gnome aimable au chapeau vert orné de broderies dorées, qui se révéla être la Maîtresse Heaumière. Les derniers à arriver furent deux Gnomes aux chapeaux noirs comme la nuit, qui se présentèrent comme étant Orthose et Hornblende, le Maître Ciseleur et son épouse. Ils étaient accompagnés de leurs enfants : la petite Tourmaline, au chapeau violet, et le petit Béryl, au chapeau bleu azur.

– Nous sommes vraiment désolés, mais nous n'avons pas pu venir avant, s'excusa Orthose en retirant son manteau.

– Et nous ne savions pas à qui confier les enfants, ajouta Hornblende, confuse.

Rutilus les invita à prendre place.

– Vous avez bien fait de les amener. Vous ne pouviez pas les laisser tous seuls à la maison ! Que diriez-vous d'un peu de ragoût de sanglier ? proposa-t-il aux jumeaux.

Tourmaline et Béryl acceptèrent avec enthousiasme. Une fois installés devant leurs bols, ils se mirent à observer avec la plus vive attention les figures insolites des invités de Rutilus, leurs grands yeux, leurs visages allongés, les chevelures dorées des deux jeunes Étoilés et les étoiles scintillantes gravées sur leurs fronts.

– Vous êtes des Elfes ? demanda Tourmaline, rompant le silence de sa voix frêle… et avec la bouche pleine.

– Tourmaline, je t'ai déjà dit cent fois qu'on ne parle pas pendant qu'on mange ! la réprimanda sa mère.

La petite s'empressa d'avaler.

– Oui, ce sont des Elfes, acquiesça Stellarius. Même s'ils sont originaires de différents royaumes.

Un frémissement de chapeaux parcourut l'assemblée embarrassée. Quelqu'un toussa.

– Vous savez déjà qui je suis, poursuivit le mage. Et vous savez aussi pourquoi nous sommes ici. Tout d'abord, je veux vous dire que ce que vous avez entendu est vrai. Parmi ces jeunes Elfes, il en est un qui a accompli cet exploit inouï : transpercer une cuirasse noire et tuer un Chevalier sans Cœur.

Stellarius attendit que s'apaise le murmure étonné qui avait suivi sa déclaration.

– Mais sachez surtout que ce jeune Elfe entouré d'amis courageux et résolus jouit aussi du soutien de la Reine des Fées.

Un murmure désordonné courut dans la salle.

– Et pourquoi la Reine des Fées aurait-elle choisi un *Elfe* ? Pourquoi pas un Gnome ? tonna Sulfure en scrutant les nouveaux venus.

Stellarius soupira.

– Personne ne le sait, mon cher Sulfure. Pas même ce jeune Elfe. Du moins, il ne le sait pas encore. Mais si Floridiana ne vous a pas demandé personnellement de combattre son ennemie la Reine Noire, aujourd'hui elle vous demande d'aider ce jeune Elfe et ses amis dans leur entreprise.

– Et comment ? intervint Galène.

– Et surtout *pourquoi* ? renchérit Sulfure.

Le murmure de la salle se fit encore plus confus et agité. Stellarius garda le silence un court instant, puis répondit :

– Pour qu'il puisse vous aider.

– Nous aider ! Ah ! explosa Sulfure, furieux.

– Allons, Sulfure. L'Elfe a tué un Chevalier sans Cœur. Ce n'était jamais arrivé avant, dit Galène. Il paraît qu'il possède une épée exceptionnelle. Diamantis l'a vue et je voudrais qu'il nous donne son avis.

– Par tous les cailloux ! Diamantis n'a aucune expérience ! protesta Sulfure.

Le jeune Maître Armurier se dressa, les yeux flamboyants, mais après un coup d'œil rapide à Sulfure il retourna s'asseoir.

Orthose soupira profondément en se grattant la tempe, puis il dit :

– Certes, Diamantis est encore jeune et il a peu d'expérience comme maître, mais d'après ce que j'ai pu voir ces dernières années, il a beaucoup de talent. Moi aussi je voudrais connaître son opinion sur cette épée. Parce que, jusqu'à preuve du contraire, Diamantis *est* notre Maître Armurier.

Les autres approuvèrent.

Diamantis se leva de nouveau, ouvrit son blouson et s'éclaircit la voix.

– Eh bien, aussi incroyable que cela puisse paraître, déclara-t-il d'un ton solennel, je considère que ce que l'Elfe porte à son flanc n'est autre qu'une des anciennes et légendaires Épées du Destin.

Un silence de glace suivit ses paroles. Tous, y compris Galène, écarquillèrent les yeux vers le jeune Gnome, comme s'il venait de dire une énormité.

– Une Épée du Destin. Bien sûr. Et il faut croire aussi que les Chevaliers de la Rose vont venir nous libérer des Scélérats… pas vrai ? explosa Sulfure avec un sourire méprisant.

La petite Tourmaline acquiesça, convaincue. Pendant toute la discussion elle avait gardé le regard baissé sur ses genoux ; à présent elle fixait ses yeux scintillants sur Ombrage.

– Qui voulez-vous tromper, étrangers ? reprit Sulfure, en dévisageant les voyageurs. Dites-nous la vérité. *Toute* la vérité. Vous êtes venus sans savoir où le Miroir des Hordes vous conduirait. Vous n'êtes pas là pour aider les Gnomes, vous êtes là *par hasard*. Et vous osez demander aux Gnomes de se mettre en danger… pour *vous* aider !

Tous les regards passèrent de Sulfure à Stellarius. Mais la voix de Regulus résonna soudain, forte et dure :

– Assurément, cela n'aide *personne* de fabriquer les armures noires des Chevaliers sans Cœur…

Robinia secoua sa chevelure bouclée et l'interrompit :

– Quand pour la première fois, dans mon royaume des Forêts, j'ai fait leur connaissance, j'ai d'abord pensé comme vous, Maître Sulfure. Ombrage et Regulus n'avaient alors même pas cette épée à exhiber comme preuve. Rien pour démontrer qu'ils étaient vraiment venus nous aider. Et ils ne savaient rien de mon peuple. Mais ce sont les indications des Fées qui les avaient conduits à nous, et qui nous ont ensuite conduits jusqu'à cette épée. Peu importe qu'il s'agisse ou non d'une Épée du Destin. C'est le courage d'Ombrage qui a libéré mon royaume des Loups-Garous et des Chevaliers sans Cœur, et nous a amenés jusqu'ici. C'est vrai, nous ne savions pas où nous mènerait le Miroir. Mais pour nous cela n'avait pas d'importance, car notre objectif est de libérer *tous* les royaumes perdus, y compris ceux dont nous ne connaissons pas encore l'existence. Le vôtre aussi.

Les Gnomes se regardaient les uns les autres, pensifs.

Ombrage, qui jusque-là était demeuré à l'écart, leva son épée et la posa contre la cheminée éteinte. Poison rayonna de vifs éclats verts.

– Vous avez raison. J'ignore ce qui m'attend. Et Floridiana m'a dit peu de choses. Je ne suis ni un chevalier ni un héros, dit-il avec un coup d'œil vers le

petit Béryl. Je ne sais même pas s'il s'agit là d'une Épée du Destin, comme le pense Diamantis. Et Stellarius a raison d'affirmer que je ne connais pas la raison pour laquelle j'ai été choisi. Mais je *sais* que beaucoup ont besoin d'aide. Et que Poison peut causer de lourds dommages aux Chevaliers sans Cœur. Je suis prêt à risquer ma vie pour libérer les royaumes perdus. Si vous acceptez mon aide, je prêterai mon bras et mon épée à votre combat. Mais ce qu'il me faut savoir c'est si, oui ou non, et jusqu'où, vous êtes prêts à vous engager pour libérer Belleroche.

Dans le silence, sa voix retentissait plus forte et déterminée que jamais.

– Ce ne sera pas facile, et le prix sera élevé, continua-t-il. Je le sais et vous le savez. Le sang d'Elfes courageux a été versé pour libérer le royaume des Forêts, mais je crois que si nous sommes unis, nous pouvons vaincre nos ennemis.

Spica le fixait, les yeux écarquillés. Jamais elle n'avait vu Ombrage aussi sûr de lui. Aussi fort. Aussi mûr.

Ses paroles touchèrent les Gnomes, captivés par ses yeux pleins d'un courage ardent.

Finalement, Orthose toussa et se leva.

– C'est notre ville, dit-il. Il nous appartient de la reconquérir. Nous nous y préparions. Nous ne pouvons pas continuer à fabriquer des armures ensorcelées, nous le savons tous. Nous étions presque prêts pour la révolte. Eh bien, je crois que notre heure est venue. Nous devons reconquérir Belleroche et notre liberté. Pour nous, pour la vie de nos enfants, qui méritent mieux que la servitude. S'il le faut, nous réduirons notre cité en cendres… puis nous la rebâtirons, mais *dans la liberté*. Sans être contraints par des chaînes, sans devoir donner à nos ennemis le meilleur de notre nourriture, en la retirant à nos enfants, sans être forcés de travailler pour les Sorcières. Sans craindre une punition chaque fois que l'un de nous tombe malade… Je sais, nos tireurs auraient besoin de plus de munitions, les manteaux d'Ensorceleuse sont encore trop peu nombreux, et nous n'avons pas achevé la fabrication des quatre Cornes d'Avalanche. Mais, selon moi, le moment est venu, conclut-il d'une voix grave, tandis qu'un éclair de fierté illuminait son regard.

Hornblende inspira profondément.

– Moi aussi, je voudrais dire quelques mots. Vous tous,

depuis la dernière réunion, vous avez eu connaissance de la menace du sceptre. Cette menace est notre œuvre. C'est le Vieux Maître Cinabre qui a commis l'erreur d'accepter de travailler pour la Reine des Sorcières. Mais, que nous le voulions ou non, nous sommes *tous* coupables, parce que personne ne s'est aperçu de ce qui était en train d'arriver. Son erreur est devenue *notre* erreur. Si nous doutions de pouvoir réparer cette erreur par nous-mêmes, aujourd'hui nous ne sommes plus seuls. L'arrivée de ces Elfes porte un sens profond. Je suis d'accord avec Orthose : notre heure est venue.

– Je suis avec toi, jeune Elfe, approuva Orthose.

– Et moi aussi, murmura sa femme, en souriant à Ombrage comme à un de ses enfants.

Béryl et Tourmaline se levèrent et s'écrièrent à l'unisson :

– Moi aussi !

À cette exclamation, des sourires attendris se dessinèrent sur les lèvres des autres Gnomes.

– Comptez sur moi, ajouta Diamantis.

– Et sur moi, dit Galène.

– Je ferai tout ce que je

pourrai pour vous aider, renchérit Rutilus en souriant. Par tous les cailloux ! Je n'avais pas entendu de tels discours depuis bien longtemps ! Âmes enflammées, courage et justice ! Voilà le véritable esprit des Gnomes de Forge !

On entendit les rires des enfants, tandis que les regards des Maîtres se portaient sur celui d'entre eux qui ne s'était pas encore prononcé.

– Ainsi, la majorité a choisi de t'apporter son soutien, mage, grommela Sulfure. Je me plie à la volonté générale. J'espère seulement que cette décision est la bonne pour Belleroche et pour nous tous. Parce que si nous échouons, il n'y aura pas de seconde chance.

– Elle l'est, assura Stellarius. Et maintenant, dressons notre plan d'action.

10

UN PLAN POUR
LA RÉVOLTE

Les heures passaient lentement. Assez tôt, les petits Béryl et Tourmaline s'endormirent, et on les mit au lit. Malgré le courage et la volonté de tous, il était clair qu'il ne serait pas facile de chasser les Scélérats de la ville.

Depuis longtemps déjà les Gnomes avaient commencé à organiser la révolte. Durant les nuits calmes, ils partaient avec les hermines à la chasse aux Ensorceleuses pour disposer du plus grand nombre possible de manteaux, afin de pouvoir prendre l'ennemi par surprise. Ils avaient confectionné des frondes pour frapper les Scélérats en restant hors de portée de leurs terribles gants de fer. Ils avaient enfin dressé les hermines au combat et construit de grandes arbalètes afin d'abattre les condors qui voltigeaient au-dessus de la ville.

Ombrage se rendait compte que les Gnomes étaient prêts à affronter les Scélérats. Le plan avait été pensé dans ses moindres détails et chacun savait ce qu'il avait à faire : le moment venu, ils reprendraient la ville. Mais ce qui préoccupait le plus ce peuple fier, c'était le sceptre de la Reine Noire.

– Bien, le plan de révolte est établi, mais il reste un problème. Peux-tu nous raconter comment vous avez eu connaissance de ce sceptre ? demanda Stellarius à Hornblende.

La Gnome soupira, cherchant à rassembler ses idées.

– Par hasard. Les enfants grandissent tellement vite, et je n'avais pas le temps de coudre de nouveaux vêtements. Je suis donc montée au grenier de notre vieille maison, pour y chercher ceux qu'Orthose et moi portions à leur âge. À ma grande stupeur, j'y ai trouvé une malle où figurait le symbole du Vieux Maître. Je ne sais pas comment elle est arrivée là. J'ai réussi à l'ouvrir : elle contenait quelques parchemins liés par une ficelle que j'ai montrés à Orthose. Il s'agissait de notes de travaux de façonnage.

– Cela ressemblait à des projets pour un sceptre ou un bâton de mage, mais dont personne n'avait entendu parler, continua Orthose. En les étudiant nous avons remarqué qu'ils comportaient une date : une centaine d'années avant la conquête de notre royaume... Nous étions encore enfants.

– Le Vieux Maître de cette époque était Cinabre. D'après ces notes, il est clair qu'il avait travaillé pour la Reine Noire. Il a tenu un inventaire de toutes les commandes qui lui avaient été confiées.

– La découverte de cette collaboration a été pour nous un choc terrible, intervint Galène. Les Gnomes ont toujours travaillé pour tous les royaumes, mais jamais pour les Sorcières ! Si nous l'avions su, jamais nous n'aurions permis que le précieux savoir des Maîtres soit mis au service des visées maléfiques de la Reine Noire !

– Mais Cinabre, le 123ᵉ Vieux Maître, en a décidé autrement, dit Stellarius en baissant les paupières, comme si soudain elles étaient devenues extrêmement lourdes.

– Oui, mais il l'a décidé tout seul ! *Lui seul* a conclu un accord avec elle... Oh, si seulement nous l'avions su plus tôt ! se lamenta Hornblende.

– D'après les notes, tout a commencé quand la Reine des Sorcières lui a commandé quelques médaillons. Les dessins laissent penser qu'il s'agissait d'objets de facture raffinée, finement ciselés, mais sans danger, ajouta Galène.

Orthose leva les yeux et reprit :

– Puis, après une longue période de silence, la Reine Noire lui confia une autre tâche. Beaucoup plus complexe. Elle voulait un sceptre.

– Cinabre ne s'alarma pas, poursuivit Hornblende, jusqu'à ce qu'il se rende compte qu'il ne devait pas réaliser un simple sceptre, mais un sceptre *ensorcelé*. La Reine en personne lui donna des directives sur ses attributs... Cinabre comprit alors qu'il devait fabriquer une arme, une arme qui donnerait à la Sorcière un immense pouvoir.

Les dessins passèrent de mains en mains. Ombrage les observa avec angoisse : le sceptre était un objet à la fois superbe et terrifiant.

Stellarius résuma cette sensation :

– Un ouvrage bien fait, horriblement bien fait ! Il a été conçu pour amplifier démesurément les pouvoirs de la Reine Noire. Il peut engendrer des cauchemars et subjuguer les esprits. Mais pas seulement. Au sommet se trouve une sphère cerclée d'une espèce de couronne qui semble prévue pour contenir quelque chose. Cinabre se trompait en croyant que le sceptre lui-même contiendrait la magie. Je pense que cet instrument a été imaginé pour canaliser une magie plus puissante, provenant d'une source extérieure.

– De quelle source ? demanda Regulus, inquiet.

Stellarius parut faire un effort physique pour répondre.

– Je pense qu'il a été élaboré pour canaliser la puissance d'un Anneau de Lumière.

Un silence tendu s'abattit sur l'assistance.

De ces anneaux, forgés en des temps immémoriaux, symboles et instruments de paix entre les peuples et confiés à la garde de chaque royaume du royaume de la Fantaisie, on ne savait presque plus rien. Certains avaient été dissimulés à l'aube des Temps Obscurs. D'autres avaient été perdus. D'autres encore, disait-on, étaient tombés dans de mauvaises mains. Mais pouvait-on imaginer plus mauvaises mains que celles de Sorcia, Reine des Sorcières et terrible souveraine de ce royaume maléfique qui s'étendait au-delà des eaux grises et troubles du Fleuve du Remords ? Et quels épouvantables forfaits pourrait-elle accomplir, si jamais elle réussissait à maîtriser le pouvoir de l'Anneau grâce au sceptre ?

Cette pensée les glaçait tous. Le regard de Spica s'emplit d'horreur. Si vraiment la Reine des Sorcières parvenait à renforcer son pouvoir, tout espoir était perdu.

– C'est contre ce sceptre qu'il faut mener la véritable guerre.

Pas contre les Scélérats. Ni contre les Chevaliers sans Cœur... Ce ne sont que des puces sur le dos d'un loup, siffla Sulfure en fixant Ombrage.

– Est-ce que tu veux dire que nous devrions d'abord arracher le sceptre des mains des Sorcières, et abandonner les Gnomes à leur sort ? demanda Regulus.

Hornblende s'apprêtait à intervenir, mais Stellarius l'arrêta d'un signe.

– Regulus, comme tu as pu t'en rendre compte, les Gnomes sont assez organisés pour mener à bien la révolte par eux-mêmes. Dans la mesure du possible nous les aiderons. Mais tout cela ne servira à rien tant que la Reine Noire pourra envoyer de nouvelles hordes, toujours plus nombreuses, contre les Gnomes... Et si son pouvoir devenait assez puissant pour atteindre les Elfes Étoilés ?

Ombrage leva les yeux vers Stellarius et murmura :

– Le sceptre doit être détruit.

– Et comment ferons-nous ? demanda Robinia.

– Je ne le sais pas encore, admit Stellarius en jetant un coup d'œil à Sulfure, mais il se trouve sûrement dans le palais de la Reine Noire : je pense que Sorcia ne s'en sépare jamais. Comme vous le savez, la seule manière d'atteindre le royaume des Sorcières est de refaire en sens inverse le chemin de conquête parcouru par l'Armée Obscure.

Donc, pour quitter ce royaume, nous devrons emprunter le Portail Oublié grâce auquel l'Armée Obscure est parvenue jusqu'ici. Malheureusement, aucun des Gnomes de Belleroche ne sait exactement où il se situe. On raconte seulement que « les Scélérats passèrent par là, surgissant des Monts de l'Espérance, visqueux comme des vers et rapides comme la foudre ». J'espérais recueillir à la bibliothèque des informations sur le vieux Portail – les Gnomes aiment conserver la mémoire des choses – mais je n'ai déniché que peu de notes, qui confirmaient ce que je savais déjà : il nous faut parcourir un ancien sentier qui s'enfonce à travers les Monts de l'Espérance, un sentier qui, au cours des années, est devenu très dangereux et qui est appelé pour cette raison la Route Obscure. Mais quels sont ses dangers ? Ce n'est indiqué nulle part.

Orthose intervint :

– Notre seule certitude, c'est que la pierre qui ouvre le Portail Oublié a été remise par la Reine Noire entre les mains de l'Implacable, un honneur dont le chef des Scélérats ne manque pas une occasion de se vanter. Lui seul est autorisé à utiliser la pierre, et seulement durant certaines périodes de l'année : quand les armures sont livrées aux Chevaliers sans Cœur.

– Donc nous avons un double problème, continua

Stellarius. Localiser le Portail, et mettre la main sur la pierre pour l'activer. Il s'agirait d'une agate de forme ovale et dentelée comme une feuille.

– Aucun de vous n'a-t-il jamais suivi les Scélérats quand ils livrent les armures ? interrogea Regulus.

– En fait, ce sont les condors qui les transportent jusqu'au Portail, expliqua Diamantis avec une grimace.

– Si la pierre est entre les mains de l'Implacable, comment faire pour la lui reprendre ? demanda Spica.

– Sait-on au moins où il la garde ? s'impatienta Ombrage.

– Pas exactement. Mais il ne peut pas se permettre de la perdre. Lui aussi craint la colère de Sorcia, dit Galène.

– Il la conserve certainement auprès de lui. En lieu sûr, ajouta Diamantis.

– Il s'est installé dans la maison du Vieux Maître, c'est sans doute là qu'il la cache, suggéra Hornblende.

– Dans cette maison, il n'y a qu'un seul endroit vraiment sûr, songea Rutilus.

– La salle du Trône de Pierre ! s'exclama Diamantis avec un éclair dans le regard.

– C'est là que les Gnomes pouvaient demander à être entendus par le Vieux Maître s'ils estimaient avoir été victimes d'une injustice, se souvint Orthose avec mélancolie.

– Le Trône de Pierre recèle une cavité interne qui peut parfaitement abriter la pierre, rappela Galène.

– Donc il s'agit d'entrer dans la maison du Vieux Maître, résuma Rutilus. Surveillée comme elle l'est par les Scélérats, et depuis peu par des Chevaliers sans Cœur, je ne vois qu'un seul moyen d'y arriver.

– Des Chevaliers sans Cœur ? l'interrompit Ombrage. Peut-être ceux qui ont fui du royaume des Forêts... mais que font-ils ici ?

– Je ne saurais te dire d'où ils viennent, mais leur présence complique considérablement les choses, dit Rutilus en secouant la tête. Bref, je disais qu'il n'y a qu'un seul moyen d'y entrer.

– Tu veux parler du passage secret qui mène dans le jardin intérieur ? demanda Orthose.

Un court silence suivit ces paroles.

– Ce sera très risqué... murmura Hornblende.

– Tu veux dire désespéré, ricana Sulfure. Il y a une trappe dans la rue adjacente à la maison. Elle s'ouvre avec une clef de pierre et mène à l'intérieur du jardin par un vieux conduit. Nous vous fournirons la clef. Mais le problème, c'est la serrure hydraulique : elle ne peut fonctionner que grâce à l'eau des Cinq Sources de la ville. Sans cette eau...

– Les Cinq Sources ? l'interrompit Regulus, intrigué.

– Oui. Celle aux reflets rouges est appelée Ferrugineuse, la verte, Serpentine, la bleue, Turquoise, la jaune, Soufrière, et la source à l'eau boueuse, nous la nommons Ténébreuse, expliqua Galène. L'une d'entre elles, personne ne sait plus laquelle, viendrait du royaume des Fées, au cœur du royaume de la Fantaisie.

– Or il y a un *petit* problème : deux des Cinq Sources sont à sec depuis des années, conclut Sulfure.

– C'est vrai, reprit Galène, pensive. La Serpentine et la Ferrugineuse. Et sans l'eau de ces sources, la serrure ne s'ouvrira jamais.

– Pourquoi ? Comment fonctionne-t-elle ? demanda Spica, qui ne comprenait pas le rapport entre les sources et une simple porte.

– Écoute, l'eau des Cinq Sources met en marche un mécanisme complexe d'engrenages. Quand on introduit la clef, l'eau coule dans les tuyauteries et actionne, à l'intérieur de la serrure, de petits pistons qui provoquent l'ouverture de la porte. Chaque source actionne un piston différent : il suffit que l'un d'eux ne reçoive pas d'eau pour que la clef n'ouvre pas… Seuls les Cinq Maîtres réunis dans la salle de l'Espérium peuvent faire en sorte que l'eau arrive dans les conduits. Mais avant tout, il faut qu'il y ait de l'eau.

– Pourquoi toutes ces complications ? insista Robinia, en battant des paupières de confusion.

– Quelles complications ? C'est un système parfait ! rétorqua Sulfure.

– Eh bien, le titre de Vieux Maître était un poste extrêmement important. Les Cinq Maîtres devaient avoir la possibilité de le chasser du trône, si jamais il utilisait son pouvoir pour nuire à la cité. Mais, pour ce faire, ils devaient être d'accord *tous les cinq*, expliqua Rutilus. C'est uniquement ainsi qu'ils pouvaient ouvrir la trappe et entrer dans la maison du Vieux Maître.

– Quoi qu'il en soit, intervint Diamantis, pour faire fonctionner la serrure, nous devrons remettre en activité la Serpentine et la Ferrugineuse. Elles sortent de terre au cœur des Montagnes Enneigées. J'irai. Dès demain matin, avec Mordicante.

Hornblende secoua la tête, inquiète.

– Fais attention. Aujourd'hui encore, les Scélérats parlaient d'étranges mouvements dans les montagnes. Il paraît qu'au Vieux Pas, leur garnison a été anéantie. On y a retrouvé très peu d'empreintes... des empreintes de bottes.

Stellarius se leva.

– C'est peut-être l'œuvre de ce *quelqu'un* qui a traversé le Miroir des Hordes avant moi.

Son regard se perdit dans le lointain et Ombrage observa :

– Or nous ne savons ni qui il est, ni dans quel camp il combat...

Stellarius posa son regard sur lui et murmura :

– Hum. C'est moi qui irai. Je *dois* y aller.

– Je viendrai avec toi, répliqua Ombrage.

Stellarius secoua la tête.

– Non. Vous resterez ici, cachés dans cette maison, jusqu'à ce que les sources recommencent à couler dans la salle de l'Espérium. Alors les Maîtres activeront le mécanisme du passage, et vous entrerez dans la salle du Trône pour vous emparer de la pierre qui ouvre le Portail Oublié.

– Tu ne connais pas bien les montagnes, je viendrai avec toi, protesta Diamantis en se levant d'un bond.

– Gnome ! le réprimanda Stellarius.

Le jeune Maître se tut et Stellarius fit un signe de tête.

– Amis Gnomes, reprit le mage, si tout se déroule comme prévu, dans quelques heures cette ville sera à nouveau votre ville. Vous, jeunes gens, dès que vous aurez la pierre, vous me rejoindrez au Pic Glacé. De là nous prendrons la route pour le Portail Oublié.

Ainsi fut-il décidé.

Les membres du Conseil se séparèrent et le silence retomba sur la forge.

11
SÉPARATIONS

La nuit fut longue et éprouvante, et quand les Gnomes se séparèrent, l'aube était en train de poindre. On envoya Ombrage et les autres se reposer, tandis que les Cinq Maîtres prirent le chemin de leurs foyers afin de ne pas éveiller les soupçons des Scélérats. Tout en cheminant, ils mirent au point les derniers détails de leur « Révolution Silencieuse », ainsi qu'ils l'avaient baptisée.

Les décisions prises cette nuit étaient nombreuses et lourdes de conséquences pour chacun. Malgré la fatigue, l'esprit d'Ombrage continuait à tournoyer. Stellarius était sur le point de partir pour les Montagnes Enneigées, à la recherche des deux sources taries. Même s'il faisait confiance au vieux mage, le jeune homme éprouvait un mauvais pressentiment. Il n'aurait su dire de quoi il s'agissait, mais il percevait un danger. Les Montagnes Enneigées étaient infestées de Trolls des Neiges et d'Ensorceleuses. Mais ce n'était pas cela qui le troublait.

Peut-être était-ce l'étrange obstination de Stellarius à vouloir partir *seul*. Ou la perspective de se séparer de celui qui était son seul guide… Il l'ignorait, mais la sensation persistait, sombre et menaçante.

Incapable de trouver le sommeil, Ombrage s'assit sur le lit et passa les mains sur son visage. Il alluma la lampe qui emplit la pièce d'une douce lumière, et se leva pour prendre dans le sac le livre des prophéties de Juniperus, que la vieille Ulmus avait tenu à lui offrir avant son départ du royaume des Forêts.

Il repensa à la prophétie sur la pierre tombale de Juniperus qui les avait guidés dans la reconquête du royaume des Forêts. Cette dernière strophe mystérieuse…

Seuls peuvent l'arc, l'oie, le dragon et l'épée
De la horde nous débarrasser…

Sans doute dans l'espoir d'y trouver un indice qui puisse le rassurer, le jeune Elfe s'assit sur le bord du lit et ouvrit le livre, feuilletant les pages jaunies. Certaines débordaient de longues poésies constellées de ratures et de signes étranges, mais son attention fut attirée par une page blanche. Celle d'en face était occupée par quelques vers écrits dans des caractères singulièrement grands. Tandis qu'il regardait cet espace blanc, l'étoile qui lui avait été imprimée sur le front, selon l'usage du peuple des Étoilés au sein duquel il avait grandi, se mit à scintiller, révélant le secret caché dans ces vieilles pages. La silhouette stylisée d'une créature au long cou et aux vastes ailes déployées apparut sur la page. Ombrage, stupéfait, passa le doigt sur le dessin et, en retenant son souffle, il lut les vers de Juniperus :

QUI EST CAPABLE DE DISCERNER
SA VÉRITABLE IDENTITÉ,
EN GRAND MALAISE DANS SA PRISON
DE PLUMES ET PLUMAGE À FOISON,
PARLER ET ÉCOUTER POURRA
ET VERS L'AILLEURS GUIDÉ SERA.

Le jeune homme chercha fébrilement d'autres signes, sans succès. Tandis que la lumière qui émanait de l'étoile de son front s'évanouissait, il ferma le livre et sortit retrouver Stellarius.

Le mage était assis devant le feu, le regard absent. Quand Ombrage entra dans la cuisine, il se leva. C'était une matinée nuageuse

et froide, le vent hurlait en frappant les tours de Belleroche comme s'il voulait les démolir pierre par pierre.

– Tu n'arrives pas à dormir ? demanda Stellarius.

Dans le silence qui régnait sur la pièce, sa voix semblait plus grave qu'à l'ordinaire.

Ombrage haussa les épaules et avoua :

– J'ai la tête pleine de pensées.

– Alors nous sommes deux.

– Quand pars-tu ? interrogea le jeune Elfe, debout devant le mage.

– D'ici peu. Dès que Rutilus viendra me chercher.

– Est-ce qu'il ne vaudrait pas mieux attendre la nuit ?

– J'ai l'impression d'avoir déjà attendu plus que je n'aurais dû, mon jeune ami. Toi non plus tu ne devras pas hésiter : dès que l'eau jaillira à nouveau des sources Serpentine et Ferrugineuse, tu sauras que c'est le moment.

– Tu crois que la pierre est vraiment dissimulée dans la salle du Trône ?

– Je l'espère. Personne ne connaît mieux les cachettes de la ville que nos amis les Gnomes. Nous devons nous fier à leur idée. Un peu d'eau ? proposa le mage tandis qu'il s'en versait.

Ombrage acquiesça et saisit la tasse en mettant l'ouvrage

de Juniperus sur la table. Le regard du mage se posa dessus et un léger sourire se dessina sous sa barbe.

– Tu as déniché des informations intéressantes dans ce livre ? demanda-t-il.

Ombrage plissa le front.

– Je ne sais pas, dit-il en montrant les quelques vers et la silhouette ailée, qui semblait scintiller à nouveau, éclairée par l'étoile de son front.

– Hum, fit Stellarius.

– Je ne vois pas d'autres signes cachés, et je ne comprends pas la signification de celui-ci, ajouta Ombrage comme s'il voulait combler le silence.

– Dans la plupart des cas les prophéties ne sont rien d'autre que des *prophéties*, expliqua le mage. Leurs indications et conseils ne prennent sens qu'au moment où on en a besoin.

– Je comprends, murmura Ombrage, scrutant la page de ses yeux sombres et pensifs.

Stellarius prit doucement les mains de l'Elfe entre les siennes et leur fit refermer le livre.

– Le mieux est d'oublier ces mots, dit-il calmement, du moins jusqu'à ce que quelque chose se présente sur ton chemin qui en éveille le souvenir… et alors, peut-être, ils te seront utiles.

Ombrage poussa un soupir.

– Tu es sûr de vouloir partir tout seul dans les Montagnes Enneigées ? Si vraiment il y a des campements de Trolls des Neiges...

– Oh, je t'en prie, mon garçon ! s'exclama Stellarius, agacé. Je serais un drôle de mage si j'étais incapable de m'occuper de moi-même.

Ombrage tenta de se justifier.

– Excuse-moi, c'est seulement que je suis... préoccupé.

– Je le sais. Il serait étrange que tu ne le sois pas. Mais si quelque chose doit te préoccuper, ce n'est certainement pas moi. Et en vérité, pas non plus les Gnomes : ils savent ce qu'ils ont à faire. Ta présence les a poussés à réagir, et c'est le plus beau cadeau que tu pouvais leur faire. Quand tu as déclaré que les Sorcières *pouvaient* être vaincues, tu as ravivé une espérance qui était en train de faiblir. Maintenant ils savent qu'ils peuvent libérer Belleroche. En revanche, ils ne peuvent rien faire pour reprendre le sceptre de la Reine Noire. Cela, c'est toi qui dois t'en charger.

– Mais comment ? Nous n'en avons pas parlé cette nuit !

– Je l'ignore. Il nous reste malheureusement beaucoup de choses à découvrir. Il en est une que je dois te révéler avant de partir. J'ai étudié attentivement les dessins de Cinabre. C'était un Gnome intelligent et toujours avide d'apprendre...

je crois que c'est ce désir exagéré d'expérimenter de nouveaux procédés qui l'a poussé à l'erreur. Mais quand il s'est rendu compte qu'il était pris au piège, il a décidé d'introduire un défaut dans le sceptre. Peut-être espérait-il conserver ainsi un certain contrôle sur la Reine des Sorcières.

– Un défaut… *voulu* ? demanda Ombrage.

– Exactement. C'est un défaut bien caché, et qui passe donc inaperçu, mais qui est trop complexe pour être le fait du hasard. Je pense que la Reine Noire ne l'a pas remarqué, car elle avait trop confiance en son pouvoir d'intimidation. D'une manière ou d'une autre, c'est ce défaut que tu devras exploiter.

– De quoi s'agit-il ? demanda Ombrage.

– Mage ! appela à ce moment Rutilus du seuil de la cuisine. C'est presque l'heure. Il nous reste peu de temps.

Stellarius poussa un soupir et se prépara.

– J'en ai parlé avec Sulfure, il t'expliquera la chose en détail. Fais-lui confiance, et écoute ce qu'il te dira, mon garçon.

– Mais… tenta d'objecter Ombrage, à qui Sulfure ne plaisait pas du tout.

Stellarius leva la main pour le faire taire et ajouta :

– Nous en rediscuterons. Maintenant je dois y aller. Comme convenu, nous nous retrouverons au Pic Glacé. Bonne chance.

Ombrage serra les poings et acquiesça.

– À toi aussi. Et… au Pic Glacé, répéta-t-il, tandis que Stellarius s'éloignait, accompagné par le pas boitillant de Rutilus.

Le jeune homme espéra de toutes ses forces qu'il reverrait le mage, et que cet étrange et sombre pressentiment était infondé.

12
DES IMPRÉVUS

uand Regulus se leva, il trouva la maison de Rutilus particulièrement silencieuse. Ombrage était assis à la table de la cuisine, le livre de Juniperus fermé devant lui. Son regard absent fixait la flamme du foyer.

– Tout va bien, petit frère ? demanda Regulus en bâillant.

Il allongea la main vers le panier à pain.

– Stellarius est parti.

– Ben, c'était prévu. Pourquoi fais-tu cette mine ?

– J'ai une mauvaise sensation, lui répondit-il en secouant la tête.

Le regard de Regulus glissa sur le livre de Juniperus, et il prit une chaise pour s'asseoir.

– Groww ! rugit Soufretin, courroucé.

Une petite spirale de flamme bleu-vert brilla dans l'air. Regulus se redressa prestement comme s'il s'était assis sur un ressort.

– Hé ! s'exclama-t-il, en se tapotant le derrière pour s'assurer qu'il n'avait pas pris feu.

Il lança au petit Dragon un regard surpris :

– Excuse-moi, Soufretin, je ne t'avais pas vu… Ne te fâche pas, je n'avais pas l'intention de t'utiliser comme coussin.

Puis il s'installa sur un des bancs en face du foyer, et grommela :

– Quel sale caractère…

Pendant que Soufretin sautait de la chaise, Ombrage rapporta à son ami ce que lui avait dit Stellarius à propos du sceptre.

– D'accord, donc nous devons reparler avec ce très sympathique Sulfure. C'est cela qui t'inquiète ? demanda Regulus.

– Je ne sais pas…

– Tu es inquiet pour Stellarius ?

– Oui… aussi.

– Eh bien, tu ferais mieux de t'inquiéter pour nous. Un mage, c'est un mage, il saura toujours se débrouiller. Je n'en dirais pas autant de nous ou des Gnomes.

– Tu ne leur fais pas confiance ?

– Non, ce n'est pas cela. S'il étaient tellement sûrs de ce qu'il fallait faire pour reconquérir la ville… pourquoi n'ont-ils pas agi avant ? Parce qu'en réalité, ils ne sont pas certains de parvenir à tourner la situation en leur faveur. Donc nous devrons faire attention.

– Mais nous partons avec un avantage : les Scélérats ignorent notre présence. Les Gnomes nous dessineront un plan de la maison du Vieux Maître, et les manteaux d'Ensorceleuse nous protégeront des regards indiscrets, s'exclama Robinia en entrant dans la cuisine en compagnie de Spica, qui conclut :

– Donc nous n'aurons pas trop de problèmes pour entrer dans la maison.

Les garçons se retournèrent vers elles.

– Nous n'en aurons peut-être pas pour entrer, mais pour sortir… La maison est surveillée par les Scélérats et par des Chevaliers sans Cœur, semble-t-il, répliqua Regulus. Je ne pense pas que ce sera une promenade, petite sœur…

– Je n'ai pas dit ça, répondit-elle, agacée.

Elle voulait ajouter quelque chose, quand Soufretin se jeta du tas de bois et roula par terre, tourné vers la porte, les plumes hérissées sur la tête.

– Qu'est-ce qui lui prend ? Je ne l'ai jamais vu aussi agité ! s'écria Robinia.

À cet instant le carillon de la porte sonna une, deux, trois fois avec insistance.

Les jeunes s'immobilisèrent un instant, puis Ombrage sauta sur ses pieds et, en prenant garde à ne pas être vu, regarda par la fenêtre qui donnait sur la rue. Il n'avait jamais osé s'approcher de cette vitre opaque, une des seules ouvertes de la maison. Il craignait de se faire voir, mais là il n'avait pas le choix.

Les yeux vert sombre de l'Elfe sondèrent la longue rue Pierreuse qui s'élargissait plus loin en une minuscule place rectangulaire, la place du Quartz. Sur le seuil de la maison du Maître Cuirassier, deux silhouettes discutaient vivement.

– Espèce de petite rebelle… entendit-on dans le silence de la grande maison.

La silhouette la plus grosse saisit et secoua violemment la plus petite. La voix de Tourmaline retentit, stridente :

– Lâchez-moi !

Son cri courut le long de la rue Pierreuse, rebondissant sur les fenêtres closes.

Ombrage se raidit et posa d'instinct sa main sur la garde de Poison. L'épée vibrait comme si elle brûlait d'envie qu'il l'empoigne.

– La petite des Ciseleurs a des ennuis ! souffla-t-il.

– Qu'est-ce qu'on fait ? Rutilus n'est pas encore rentré, dit Robinia.

Le carillon recommença à sonner, tandis que les voix se faisaient de plus en plus pressantes.

– Vite, Spica, viens ici ! chuchota Ombrage. Sers-toi d'une de tes flèches pour endormir le Scélérat. Toi, Robinia, garde un œil sur la rue… Personne ne doit nous voir ! ordonna-t-il d'un ton ferme.

Les jeunes gens acquiescèrent et Ombrage sortit de la pièce, emmenant Regulus avec lui.

– Qu'allons-nous faire ? demanda Regulus.

– Il ne faut pas que les gardes trouvent le Scélérat endormi au milieu de la rue… Toi et moi nous le traînerons dans la maison, expliqua Ombrage en filant vers la porte d'entrée.

– Lâche-moi, sale brute ! criait Tourmaline derrière la porte. Je te dis que Rutilus est dans la maison et qu'il va venir à mon secours !

– Comme s'il pouvait faire quoi que ce soit, ce vieux Gnome ! S'il était à la maison, il t'aurait déjà ouvert, petite menteuse. Je sais ce que vous manigancez, toi et ton frère ! Je sais que vous transportez des messages, et maintenant tu vas me dire comment… Ah !

On entendit un cri étouffé, et puis un bruit de frottement sur la porte. Ombrage bondit, ouvrit la porte et saisit le Scélérat. La petite Gnome ramassa ses affaires en hâte et courut se réfugier dans les bras de Regulus, où elle éclata en sanglots. Ombrage traîna le garde dans le couloir, jeta un coup d'œil rapide à l'extérieur, referma la porte et soupira enfin.

Spica et Robinia le rejoignirent en bas de l'escalier et contemplèrent le Scélérat étendu à terre sur le vieux tapis, une flèche presque transparente plantée dans l'épaule.

– Personne ne nous a vus, annonça Robinia.

Le Scélérat ne réagit pas, il ronflait.

– Excellent travail, approuva Ombrage en lançant un regard entendu à Spica.

Soudain, la flèche se décomposa dans l'air en un nuage de fumée.

– Mais... quoi... ? balbutia Robinia, interloquée.

– Eh, ça nous ne l'avions encore jamais vu : une flèche magique de gaz soporifique ! dit Regulus en riant. Il n'y a que toi pour inventer des choses pareilles, petite sœur !

Spica sourit :

– Tout le mérite en revient à Stellarius. Grâce à lui, les flèches de mon arc s'adaptent à mes souhaits et à la situation.

– Et maintenant, qu'allons-nous faire de lui ? demanda Regulus.

Le silence descendit sur la maison du Maître Cuirassier comme un manteau de neige glacé.

TROISIÈME PARTIE

· ∾ ·

PRISONS ET PRISONNIERS

13

DANS LES MONTAGNES

Stellarius tira sur les rênes et se retourna. Ces montagnes n'étaient pas aussi silencieuses et dures, dans son souvenir. Depuis l'invasion de l'Armée Obscure, il n'y était plus revenu. Mais autrefois, il avait très souvent fait étape à Belleroche. Il s'était pris d'affection pour ses murailles de pierres imposantes et les âmes fières de ses habitants. Aujourd'hui, le gel lui semblait plus mordant, et les roches plus glissantes. Il n'y avait plus d'arbres : les insatiables Lymantrides avaient tout dévoré. Le paysage apparaissait dans sa blancheur aveuglante, contrastant avec le bleu du ciel.

Belleroche se dressait comme un fantôme de pierre et de noirceur, avec ses étendards sombres qui ondulaient au vent, et ses lumières maléfiques qui lorgnaient des tours. Et pourtant le cœur de la cité, plus vivant, plus authentique que jamais, battait encore. Sous la roche, sous les souffrances et les périls.

Les Gnomes ne s'étaient jamais totalement soumis aux Sorcières et aux Scélérats, et ne le feraient jamais. Durant ces années, Stellarius n'avait reçu que de brèves nouvelles, écrites sur le papier magique qu'il avait offert à Argentus, le père de Diamantis. Il avait su les nombreuses exécutions, les tortures, l'esclavage qui peu à peu avait écrasé le peuple des Gnomes. Puis, brutalement, il n'avait plus reçu de nouvelles. Stellarius ignorait comment Argentus était mort, mais il se sentait en partie responsable : lui, le mage, il avait été incapable de sauver les Gnomes !

Même avec l'aide des Fées, il n'avait pas saisi comment les Sorcières s'y prenaient pour envahir de nouvelles terres aussi vite et facilement. Ses amis les plus chers, il les avait perdus l'un après l'autre. Depuis peu, il avait enfin compris comment fonctionnaient les Miroirs des Hordes qui avaient été l'instrument des invasions. Trop tard sans doute pour les sauver tous. Mais à temps pour en secourir beaucoup.

Curieusement, plus que de lui-même, l'avenir dépendait aujourd'hui d'un jeune Elfe que tous appelaient Ombrage, mais dont le vrai nom était Audace. Il l'avait compris dès le premier instant, quand il l'avait rencontré au royaume des Étoilés alors qu'il n'était qu'un enfant. L'Elfe y avait trouvé refuge après la chute du royaume des Forestiers.

Stellarius avait immédiatement vu qu'il n'était pas seulement un Forestier, qu'un autre sang coulait dans ses veines. Son esprit était profond et réfléchi. Il n'avait pas le caractère impulsif des Forestiers. Sa silhouette élancée et robuste ressemblait de plus en plus à celle de son père, le valeureux Cœurtenace, que les Forestiers avaient longtemps pris pour un traître, avant qu'Ombrage ne leur ouvre les yeux. C'était Cœurtenace qui s'était sacrifié pour sauver Ombrage, en l'envoyant au royaume des Étoilés.

Le nom d'Audace trahissait l'origine du jeune Elfe. Celle du monde d'où Cœurtenace était venu, chevauchant

un Dragon nommé Fulminant. Ce monde que Stellarius avait si bien connu des années auparavant, mais qui avait disparu depuis longtemps, anéanti par la Reine Noire.

Le jeune homme était donc le descendant de trois peuples. Trois natures coexistaient en lui. Le tempérament résolu et voué à la justice de son père, la réserve et la générosité héritées de sa mère, Acacia, et aussi le caractère souriant et joyeux des Elfes Étoilés, parmi lesquels il avait grandi. Et c'était probablement pour cela que ce jeune homme était si particulier. Unique. Et peut-être aussi pour cela qu'il pouvait voir *au-delà* des apparences. Pour cela aussi que, peut-être, il réussirait à accomplir sa mission.

Pourtant, ce qui préoccupait Stellarius, c'était son âge. Ombrage était jeune, trop jeune. Et, bien qu'il puisse compter sur l'aide d'amis fidèles, sur l'appui lointain mais essentiel des Fées et sur un mage tel que lui, il devrait affronter tout seul la partie la plus difficile de sa mission, dans son cœur. Personne ne pourrait l'aider.

Stellarius leva les yeux et vit les condors sillonner le ciel bleu. Les oiseaux transportaient l'espérium aux stations de chargement et de déchargement, sur la route qui conduisait à la Citadelle. Ce faisant, ils scrutaient les alentours de leurs yeux perçants. Le mage battit des paupières et mit la main sur sa tunique gonflée par le vent. Il restait immobile, espérant qu'il n'était pas suivi. Mordicante renâclait nerveusement.

Pour aider Ombrage et ses amis les Gnomes, il ne pouvait faire qu'une chose : pénétrer au cœur des Montagnes Enneigées et dégager les deux sources obstruées.

Qui sait ? Peut-être qu'au cours de ce difficile voyage, il trouverait la trace de ce mystérieux inconnu qui l'avait précédé dans sa traversée du Miroir des Hordes. D'après Hornblende, ce « quelqu'un » s'était comporté comme un ennemi des Scélérats. Qui était-il et pourquoi semblait-il, comme eux, marcher à rebours sur les pas des Sorcières ?

Le mage observa soigneusement les environs et fit claquer la bride de Mordicante. Le dernier condor venait de disparaître au-delà d'une crête rocheuse couverte d'un blanc manteau scintillant. L'horizon était libre.

L'hermine s'ébroua, leva la tête, renifla et repartit vers le cœur des Montagnes Enneigées.

14

INCERTITUDES

Robinia jeta un coup d'œil sur le Scélérat. Ils l'avaient ligoté sur une chaise, bien serré, pour qu'il ne puisse pas bouger.

Le rythme de son ronflement devenait plus irrégulier. Sans doute était-il en train de se réveiller, or Rutilus n'était pas encore rentré.

– Nous devons l'interroger, dit la jeune Forestière.

– Ça pourrait être dangereux de le garder ici, répondit Spica, inquiète. Nous avons encore le temps de le remettre dehors. Si nous renversons sur lui un peu du cidre de la réserve de Rutilus, ses amis penseront qu'il s'est soûlé. Même s'il raconte ce qui s'est passé, ils ne le croiront pas.

– L'idée d'avoir un Scélérat ici ne me plaît pas à moi non plus, intervint Regulus, mais nous pourrions peut-être en tirer quelques informations utiles.

Le Scélérat releva la tête un instant, marmonna quelque chose, puis son visage retomba en avant.

– Et s'il réussit à s'échapper ? objecta Spica.

– Nous avons envoyé la petite Tourmaline donner l'alarme. Bientôt quelqu'un arrivera, la rassura Regulus.

Soufretin grogna faiblement puis bondit sur le mur, qu'il escalada jusqu'au plafond.

– Ce qui me tracasse, c'est qu'ils en savent déjà beaucoup. D'après ce que le Scélérat disait à la petite, ils ont découvert que les Gnomes communiquaient entre eux, même s'ils ne savent pas encore comment, intervint Ombrage.

Les Elfes se regardaient, anxieux.

Le ronflement du Scélérat redevint régulier.

– Ils vont s'apercevoir qu'il manque à l'appel, tenta Spica. Et ils comprendront qu'il est arrivé quelque chose.

– Tu as raison. Donc nous devons essayer de découvrir rapidement ce qui nous intéresse, dit Robinia.

– À présent je comprends ce que les Gnomes ont éprouvé pendant toutes ces années… pensa à haute voix Regulus en se tordant les mains. Enfermés dans leurs maisons, isolés de tout, ne sachant si ce qu'ils étaient en train de faire mettrait en danger la vie des autres. Une sacrée responsabilité…

– C'est vrai, reconnut Ombrage. Et cette fois, c'est notre tour.

Puis il ajouta :

– Hier soir, les Gnomes ont décidé qu'il était temps d'agir. C'est cela qui compte. C'est trop risqué de laisser partir le Scélérat : nous ne savons pas s'il nous a vus mais il se souviendra certainement que la petite Tourmaline lui a échappé, et il reviendra la chercher. Seul ou accompagné. Je crois que ça vaut la peine de l'interroger.

– Je suis de ton avis, dit Robinia. Il faut courir ce risque.

Regulus jeta un coup d'œil à sa sœur.

– Moi aussi je suis d'accord avec eux, Spica.

La jeune fille passa une main dans ses cheveux dorés, puis elle soupira :

– Bien, je suis avec vous. Mais n'oubliez pas ce que nous a dit Stellarius à propos des Scélérats. Il ne faut pas les sous-estimer.

Les jeunes gens approuvèrent. Dans le silence, le souffle lourd et saccadé de leur ennemi retentissait d'autant plus fort.

Soudain, on entendit la porte grincer. Spica courut voir si Rutilus était rentré, mais ce fut Diamantis qu'elle trouva dans le couloir.

– Ah, c'est toi ! Je croyais que c'était Rutilus... Nous avons un gros problème, chuchota-t-elle en fixant ses grands yeux bleus sur lui.

– Il n'est pas encore rentré ? s'alarma Diamantis.

Elle secoua la tête.

– Il est sorti pour accompagner Stellarius et il n'est pas revenu...

– Par tous les cailloux, il ne manquait plus que ça ! murmura le Gnome, inquiet. Comment ça va ici ? Tourmaline m'a mis au courant pour le Scélérat. Je suis venu dès que j'ai fini mon temps de travail à la forge.

Spica accompagna Diamantis vers la chambre d'Ombrage, situé dans l'aile déserte de l'immense maison.

– Qu'est-il arrivé à Rutilus ? demanda la jeune fille.

– Je voudrais bien le savoir. Je l'ai croisé il y a quelques heures dans la rue du Creuset. Une escouade de Scélérats l'a arrêté en invoquant un ordre spécial, et il n'a eu d'autre choix que de les suivre. Il m'a fait le signal.

– Le signal ?

Diamantis acquiesça avec une mine sombre.

– Il m'a salué en levant son chapeau. Jamais nous ne faisons ça, en temps normal.

– Et qu'est-ce que ça signifie ?

– Qu'ils l'emmenaient chez l'Implacable. Je pensais qu'ils voulaient juste l'interroger. Mais plusieurs heures sont passées… Il devrait être déjà là !

Spica s'immobilisa au milieu du couloir devant la porte de la chambre d'Ombrage, et la lanterne qu'elle tenait trembla. Elle murmura :

– Tu crois… qu'ils sont au courant pour nous ?

– Non, je ne crois pas. De temps en temps les Scélérats nous interrogent pour nous intimider. Naturellement aucun d'entre nous n'a jamais parlé, même au péril de sa vie. Il n'y a pas à s'inquiéter.

– Mais Rutilus est vieux… balbutia-t-elle.

– Mon père aussi l'était.

Ce fut la seule réponse qu'elle obtint.

Tandis que la jeune fille le regardait, bouleversée, Diamantis ouvrit la porte de la chambre et entra.

– Ah, mais regardez-moi ça, ricana-t-il en découvrant le prisonnier. C'est notre cher Fange !

Sous la direction de Diamantis, le Scélérat fut dépouillé de son immonde chapeau à deux pointes, de ses gants et de ses bottes. Peu après, Galène arriva. Haletante et pâle, elle s'assit dans la pièce et écouta le récit des événements, les yeux fixés sur le prisonnier.

– Nous n'avions jamais réussi à en capturer un. Et surtout Fange ! dit Diamantis, assis dans un angle de la pièce, un sourire aux lèvres. Vous méritez notre gratitude.

– C'est donc quelqu'un d'important ? demanda Regulus.

– Dans un sens, commença Galène.

– Mais alors, s'ils ne le voient pas revenir ? répéta Spica.

– Il était de garde sur les tours orientales, ensuite il a dû avoir quelques heures de repos. Personne ne s'en souciera jusqu'à l'heure du dîner. Et alors, il suffira qu'Hornblende prétende qu'il est passé plus tôt à la Taverne et a déjà pris son repas. Nous pourrons ainsi gagner un jour entier pour l'interroger ! s'exclama Diamantis.

– Combien de temps dure l'effet soporifique de la flèche ? demanda Galène.

– Je ne sais pas, dit Spica. C'est la première fois que j'utilise ce genre de flèche.

Les Gnomes ne demandèrent pas d'autres précisions, et aucun des Elfes ne s'étendit sur les singularités de l'arc magique de Spica.

– Eh bien, nous attendrons, soupira le Maître Armurier.

Il se cala au fond de sa chaise et croisa les bras.

Soufretin cessa de gratter le plafond et, tenant une petite chose noire entre ses dents, se mit en boule pour grignoter son maigre casse-croûte. Regulus lui tendit un morceau de vieux charbon et le Dragon frétilla de reconnaissance.

– Mon garçon, ôte-moi d'un doute, commença Diamantis en regardant intensément Ombrage. Tu n'aurais pas... *senti* quelque chose d'étrange quand tu as sauvé la petite Tourmaline ?

– Comment ça ? demanda Robinia, en prenant distraitement la tasse de sirop que lui versait Spica.

La jeune Étoilée se figea et jeta un coup d'œil anxieux à Ombrage, qui posait sa main sur la garde de Poison.

– Tu veux parler de l'épée ? demanda-t-il.

– Oui. Exactement.

Pendant un long moment, Diamantis et Ombrage se fixèrent les yeux dans les yeux.

Finalement, l'Elfe acquiesça.

– J'ai senti Poison… trembler.

Le regard de Diamantis étincelait.

– Ah ! dit-il en se frappant le genou avec sa main. Je le savais !

Spica versa une tasse de sirop chaud à son frère et aux deux Gnomes.

– L'épée a sans doute *perçu* la présence du poignard avec lequel Fange a menacé Tourmaline, murmura Galène.

– Quel poignard ? s'étonna Regulus. Le Scélérat n'avait pas de poignard…

Galène tira de sa veste une arme souillée de sang séché.

– Aucun Scélérat ne sort sans son poignard. Celui-ci, nous l'avons trouvé dehors, devant la porte…

– Pouah ! Seul un lâche comme lui peut menacer une

fillette avec un poignard !
grommela Diamantis en
grinçant des dents.

– Mais quel rapport avec les vibrations ? demanda
Ombrage.

Diamantis sourit.

– Les Épées du Destin réagissent quand la vie d'un
innocent est en danger. Celle de Fier le Grand s'illuminait,
celle de Valeureux lançait des étincelles. Du moins c'est
ce que racontent les histoires sur les anciens Chevaliers
de la Rose.

– Et celle d'Ombrage... murmura Spica.

– ... vibre, compléta Galène.

Le jeune Elfe serra les lèvres : son lien avec Poison était
plus profond qu'il ne l'avait pensé.

Il avait senti l'épée frémir, comme si elle voulait
empêcher qu'on fasse du mal à Tourmaline et, poussé
par cette impulsion, il était intervenu. Une fois la menace
écartée, Poison avait cessé de tressaillir sur son flanc. Elle
était redevenue une simple épée.

– C'est donc vraiment une Épée du Destin, murmura-
t-il, pensif.

Diamantis et Galène acquiescèrent en même temps,
puis le Gnome dit :

– Et toi qui l'empoignes, tu dois être le dernier des Chevaliers de la Rose. Ce qui explique pourquoi la Reine des Fées t'a choisi.

– Le mage avait raison, déclara gravement Galène. Il pourrait bien être celui qui détruira le sceptre de la Reine Noire !

15
L'INTERROGATOIRE

Quand Fange se réveilla, plusieurs heures s'étaient écoulées. L'après-midi était achevé. Dehors, l'obscurité était de nouveau tombée sur la ville et les montagnes. Rutilus n'était pas encore revenu. La chambre d'Ombrage était vide, à l'exception de la chaise sur laquelle le prisonnier était attaché.

Ils le laissèrent hurler et se démener un peu, entre insultes impossibles à répéter et cruelles menaces. Finalement, Ombrage et les autres entrèrent dans la pièce pour l'interroger. Ils avaient installé le Scélérat dos à la porte, de sorte que son visage effilé et verdâtre, au menton proéminent comme un bec, regardait un mur nu. Dès que Fange entendit la porte s'ouvrir, il éclata d'un rire aigu qui donna la chair de poule à Spica.

– Bien, bien. Je vois que vous vous êtes enhardis, siffla la voix du Scélérat, stridente comme une charnière mal graissée.

Ses geôliers échangèrent des regards inquiets et il continua :

— Mais me capturer n'est pas une bonne idée et vous le savez très bien. Laissez-moi partir tout de suite et vous ne finirez peut-être pas au fond de la mine.

Diamantis fit signe aux autres de garder le silence et Fange grinça des dents.

— Petits êtres insignifiants ! Les miens vont s'apercevoir de ma disparition et ils me chercheront. Ils vous feront subir des représailles jusqu'à ce qu'ils me trouvent. Beaucoup d'entre vous vont mourir.

Silence. Le Scélérat essaya de bouger les jambes, sans succès : les liens avaient été bien serrés par Diamantis.

— Qu'est-ce que vous croyez ! Vous ne pouvez rien me faire ! Rien qui ne se retourne contre vous au centuple, petites fourmis sans épine dorsale ! ricana-t-il.

Mais cette fois, Spica eut l'impression que sa voix était moins assurée. Moins arrogante. Et que sous les insultes coulait un mince filet de terreur.

Encore une fois le silence engloutit ses paroles. Finalement, sur un signe de Diamantis, Ombrage dit d'une voix forte et claire :

— En es-tu vraiment convaincu ?

Le Scélérat se tut un long moment. Celui qui avait parlé

n'était pas un Gnome, son accent était différent. Cela lui donna à penser.

Le visage d'Ombrage était pâle mais résolu, ses yeux rivés sur les épaules de l'ennemi.

– Je ne reconnais pas ta voix, charogne... Qui es-tu ? demanda le prisonnier, méfiant.

– Quelqu'un que tu ne connais pas.

– Si je ne te connais pas, toi non plus tu ne me connais pas. Alors, pour quelle raison m'as-tu attaché ? glapit-il.

Ombrage sourit.

– Qu'est-ce qu'il y a ? Cela te dérange peut-être que quelqu'un t'ait retiré la liberté, comme toi et tes amis l'avez retirée aux Gnomes ! Ne pleurniche pas. Je sais que vous, les Scélérats, traitez vos prisonniers d'une tout autre manière.

Diamantis approuva ses paroles et Fange lâcha un petit rire nerveux.

– Et qu'est-ce que tu veux me faire ? Ou plutôt, qu'est-ce que *vous* voulez me faire, vous tous, derrière ? demanda-t-il.

– Tu le découvriras bientôt, dit Ombrage.

Le silence tomba à nouveau sur la pièce. Les mains du Scélérat remuaient fébrilement.

– Pour l'instant, vous n'êtes capables que de rester cachés derrière moi comme des vautours ! grogna-t-il férocement.

Diamantis et Galène avaient longuement insisté pour que l'interrogatoire soit conduit de cette manière, et à présent les Elfes comprenaient pourquoi. Les menaces et les brutalités n'auraient pas fait parler Fange : il était formé à leur résister. Il fallait qu'il se trahisse. Et le seul moyen était de faire en sorte qu'il se sente mal à l'aise, désorienté. Lui faire croire que ses geôliers savaient déjà tout, même si en réalité ils n'avaient que peu d'indices.

Quand ils avaient répété la scène, un peu plus tôt, dans le couloir, la voix d'Ombrage, avec ce ton grave, leur avait semblé la mieux adaptée. Et il avait accepté de jouer ce rôle d'inquisiteur.

L'expression impénétrable du jeune homme donnait aux autres l'impression qu'il était loin d'eux, détaché.

Spica sentit poindre dans son cœur des sentiments mêlés. Affection, admiration, et en même temps une certaine crainte, un trouble devant un aspect de sa personnalité qu'elle découvrait.

Ombrage et Diamantis se firent un signe rapide, et l'Elfe reprit posément son souffle. « Les silences, avait recommandé Galène, seront aussi importants que les mots. Les Scélérats détestent le silence. Ça les rend nerveux. Nous devons exploiter cette faiblesse. »

– Ce que nous ferons à toi et aux tiens, tu le sauras bien assez tôt, reprit Ombrage d'un ton menaçant.

Puis, de nouveau, il se tut. Les grosses mains vertes se tordirent nerveusement.

– Les *miens* ? Qu'est-ce que tu insinues ? Toi qui n'as même pas le courage de te montrer à visage découvert ! gronda-t-il.

– Je veux dire ce que j'ai dit, répliqua Ombrage.

– Maudits ! Aucun de vous ne me fera croire que vous pouvez nous vaincre. Jamais ! cria Fange.

Puis il se mit à rire convulsivement.

– Bien, à ta guise, l'interrompit Ombrage.

– *À ta guise ?* Qu'est-ce que ça signifie, *à ta guise* ? grogna le Scélérat.

– Les faits montreront le contraire, très bientôt, répondit le jeune homme avec une assurance tranquille qui laissa le Scélérat interdit.

– Quels faits ? demanda-t-il, juste pour percer le silence qui était tombé de nouveau sur la pièce.

– Ce qui est arrivé, dit Ombrage. Tu ne te souviens de rien ?

Fange s'agita sur sa chaise.

– Dis-le-moi… dis-moi ce que je devrais me rappeler ! Pourquoi devrais-je gober tes paroles ? jappa-t-il, furieux.

De nouveau, un sourire inquiétant éclaira le visage d'Ombrage.

– C'est toi qui m'as demandé les faits. Moi je les connais déjà. Je peux me taire, si tu préfères.

– Parle ! siffla Fange.

Ombrage échangea un regard entendu avec Diamantis, et reprit :

– Je parie que tu te souviens de cette étrange créature dont les traces ont été retrouvées sur la montagne, ainsi que de la destruction de votre garnison au Vieux Pas.

Fange grogna et, comme Ombrage se taisait, il cria :

– Continue !

– Eh bien, c'est l'œuvre des Gnomes. Mais tu en voulais des preuves, et pour les obtenir tu as menacé la petite Tourmaline.

– Et alors ? siffla Fange.

– C'est ce qui a déclenché la révolte, mais cela tu ne peux pas t'en souvenir. Les Gnomes étaient prêts, ils attendaient le bon moment pour reprendre Belleroche. Ça n'a pas été difficile de vous écraser : vous étiez trop sûrs de vos sortilèges à quatre sous et de votre alliance avec l'Armée Obscure.

– Mensonges !

– Vraiment ? lâcha Ombrage d'un ton presque amusé.

Fange gémit.

– Qu'est-ce que tu en sais des sortilèges dont nous sommes capables ? Seuls les mages pourraient y comprendre quelque chose, et aussi les Sorcières…

Il s'interrompit, comme si une pensée déplaisante venait de le traverser.

– Tu es le mage ! Vieille charogne barbue ! Attends que je me libère et je demanderai à l'Implacable l'honneur de te couper moi-même en deux avec mes lames ! Et aucune magie ne pourra m'arrêter !

Ombrage regarda Diamantis avec des yeux écarquillés. Le Scélérat le prenait pour Stellarius ! Le Gnome haussa les épaules et lui fit signe de poursuivre. Cela pourrait peut-être faciliter les choses. Effectivement, leur invité semblait plus agité.

Mais Fange secoua la tête et réfléchit :

– Non… c'est encore un mensonge. Ce ne sont que des mensonges ! Même un mage ne réussirait pas à les vaincre, *eux* ! Nous peut-être, mais pas *eux* ! cria-t-il, triomphant.

– Si tu parles des Chevaliers sans Cœur, j'ai le regret de te dire que tu te trompes. Nous avons trouvé le moyen de les vaincre.

– Tu mens ! aboya-t-il d'une voix étranglée.

– Si je mens, comme tu dis, tenta Ombrage, pourquoi ne sont-ils pas encore venus te libérer ? Parce qu'ils *ne le peuvent pas*. Tu es l'un des plus proches de l'Implacable, mais désormais lui aussi est tombé.

Ces paroles troublèrent le Scélérat. Robinia, Diamantis et Galène regardaient le visage d'Ombrage, pâle et concentré dans son effort pour que le prisonnier se sente perdu. Ses yeux reflétaient une détermination impitoyable.

– Non ! Personne ne peut vaincre les Chevaliers !

– Si tu en es si sûr… se limita à répondre Ombrage.

Le Scélérat avala sa salive, et le jeune homme ajouta :

– Pourtant, tu dois être au courant de ce qui s'est passé au royaume des Forêts… Les Chevaliers sans Cœur qui ont traversé le Miroir ne vous l'ont pas dit ? Ils ne vous ont pas raconté qu'ils ont fui comme des lapins ? Et *pourquoi* ils ont tenté de détruire le Miroir ?

– Ces lâches ne nous ont rien dit du tout ! Ils voulaient seulement la pierre… la pierre du Portail Oublié ! Ils ont prétendu que c'était pour avertir la Reine Noire… Fadaises ! C'était pour *s'enfuir*, oui ! grogna Fange avec rancœur. L'Implacable a très bien fait de ne pas la leur donner ! Les condors-messagers se chargeront cent fois mieux d'avertir la Reine, et au moins ils sont loyaux ! Quels lâches ! Chevaliers sans Cœur… Chevaliers sans courage, plutôt ! Et l'Implacable leur a imposé la garde de sa maison !

L'ironie perça sous la voix d'Ombrage.

– Ils ont fui dès que les choses ont mal tourné.

– Et en plus ils nous regardent avec des airs supérieurs ! S'ils nous avaient avertis, nous aurions pu balayer tous les…

Mais attends… tu me prends pour un idiot ? Personne ne peut détruire une armure noire ! siffla-t-il, tout en essayant de tourner la tête pour voir qui était derrière lui.

– Tu en veux la preuve ?

Fange tressaillit.

– La *preuve* ? Si tu en as une, montre-la ! gargouilla le Scélérat, comme s'il voulait se convaincre que c'était encore une ruse.

Diamantis et Galène ouvrirent de grands yeux ronds et Ombrage continua :

– Dis-moi, comment étais-tu au courant que Tourmaline portait un message ? Comment savais-tu que les Gnomes communiquaient entre eux ? Dis-le-moi et je te montrerai la preuve.

– Ne tente pas de me rouler ! Montre-moi la preuve, sinon je ne te croirai pas ! Tu veux obtenir des choses de moi, c'est clair ! Sinon tu ne perdrais pas ton temps à m'interroger. Oh… je comprends, glapit-il d'un air satisfait. Des espions… Tu as peur qu'il y ait un espion parmi vous, pas vrai ? C'est une crainte que je pourrais balayer ou confirmer d'un simple petit mot. Mais uniquement si tu me montres ta preuve !

Ombrage décida que le moment était venu.

Il sortit de son sac une plaque ciselée. C'était un

morceau de l'armure transpercée par Poison : Stellarius l'avait récupéré dans le bois où avait eu lieu le combat entre Ombrage et les Chevaliers sans Cœur. Il voulait s'en servir pour convaincre les Forestiers que cet ennemi si redoutable avait été vaincu.

Puis il l'avait confié à Ombrage : la preuve d'un événement aussi extraordinaire pourrait être à nouveau utile. Comme toujours, il avait eu raison.

L'Elfe s'approcha du dos du Scélérat et allongea la main.

Devant les yeux méchants de son ennemi, le morceau de métal noir scintilla.

Pendant un court instant, il y eut un silence profond.

Puis Fange émit un long ululement.

16
RÉFLEXIONS ET DOUTES

mbrage, assis à la table de la cuisine avec les autres, soupira et passa la main dans ses cheveux sombres en secouant la tête.

– Je suis désolé, murmura-t-il, nous n'avons pas tiré grand-chose de cet interrogatoire.

Soufretin était monté sur sa jambe et le fixait de ses grands yeux jaunes, comme pour le consoler.

– Tu as obtenu aujourd'hui plus que nous durant toutes ces années, le rassura Galène avec un sourire.

– Nous savons désormais que les Chevaliers sans Cœur qui ont fui le royaume des Forêts ne sont pas allés plus loin que Belleroche, dit Spica.

– Oui, et qu'ils montent la garde à la maison du Vieux Maître, ajouta Diamantis.

– C'est juste. Et cela nous donne un léger avantage. Peut-être que la Reine Noire n'est pas encore au courant de notre présence, avança Regulus.

– Je n'en suis pas sûr, répondit Ombrage en secouant la

tête. Vous vous souvenez ? Ce Scélérat a parlé de condors-messagers…

— Il a mentionné aussi que les Chevaliers *voulaient la pierre* pour ouvrir le Portail, intervint Spica avec une détermination qui faisait briller l'étoile sur son front. Pourquoi était-ce si urgent ? Peut-être ne croient-ils pas que les condors puissent parvenir jusqu'à la Reine Noire.

— Supposons que la Reine Noire ne sache encore rien. Pour la mettre au courant, les Chevaliers devront rejoindre le royaume des Sorcières. Et le chemin le plus court, c'est de passer par le Portail. Donc ils ont besoin de la pierre, exactement comme nous.

— Et nous savons qu'ils ne l'ont pas eue, continua Diamantis. Seul l'Implacable peut ouvrir le Portail, et seulement lors des livraisons d'armures… La prochaine aura lieu à la moitié de l'été. En attendant, les Chevaliers devront rester ici.

— En se montrant loyaux envers l'Implacable et en surveillant la maison du Vieux Maître, ils espèrent avoir le temps de chercher la pierre à l'intérieur, suggéra Galène.

— Mais l'Implacable doit se douter que les Chevaliers ne sont fidèles qu'à la Reine Noire, fit remarquer Robinia d'un ton grave. Il suffit de voir comment ils ont abandonné les Loups-Garous, après la révolte au royaume des Forêts.

Ils gardèrent le silence pendant un long moment.

– Ce qui me préoccupe le plus, reprit Ombrage, c'est l'allusion du Scélérat à un espion. Vous croyez qu'il voulait juste nous dresser les uns contre les autres, ou quelqu'un aurait-il pu vraiment vous trahir ?

– Selon moi, il cherchait à nous tromper, intervint Regulus.

– Peut-être as-tu raison, murmura Galène, les yeux pleins d'inquiétude.

– Mais peut-être que non, dit Diamantis. Fange aurait dû être de garde dans la rue Corindon, pas ici. Pour ce que j'en sais, c'est un être méchant et cruel, mais il n'a guère d'imagination. Quelqu'un a dû lui rapporter quelque chose. Il est possible qu'un Gnome... trahisse la ville, conclut-il en faisant un immense effort pour prononcer ces paroles.

Galène, bouleversée, leva sur lui ses grands yeux clairs.

– Tu ne peux pas penser ça ! Aucun d'entre nous ne pourrait jamais...

– Crois-moi, je préférerais ne pas le penser, l'interrompit-il d'une voix étouffée. Mais je n'aurais jamais imaginé non plus que l'un de nous accepte de forger un sceptre pour la Reine Noire. Réfléchis ! La présence d'un traître expliquerait bien des choses. Par exemple, comment savaient-ils que nous cachions nos réserves de nourriture dans le vieux débarras du tailleur de pierre et... que mon père y accédait en passant par la muraille du jardin ?

Galène avait les larmes aux yeux. À contrecœur, elle dut donner raison à Diamantis : le soupçon existait.

L'hiver précédent, leur dépôt secret de nourriture avait été découvert et pillé. Des dizaines de Gnomes, dont beaucoup sortaient à peine de l'enfance, avaient été capturés et envoyés dans les mines. Les Scélérats interrogèrent le vieux père de Diamantis. L'interrogatoire fut si long et brutal que le Maître Armurier en mourut, sans rien révéler. Les autres Maîtres n'avaient rien pu faire. Trop dangereux. Ils n'étaient pas encore prêts : tenter une révolte à ce moment aurait anéanti tout espoir pour l'avenir.

Galène savait que Diamantis n'avait jamais accepté la décision du Conseil. Et elle le comprenait.

– Il pourrait y avoir une autre explication. Peut-être sommes-nous surveillés sans le savoir. Peut-être... essaya-t-elle de dire.

– Par qui ou par quoi ? demanda le Gnome.

Puis il s'approcha du foyer et observa les petites flammes

qui attaquaient un morceau de bois, tout comme le doute rongeait son cœur.

Une heure plus tard, Sulfure se présenta à la porte. Il portait Rutilus. Aidé par les jeunes Elfes, il conduisit le vieux Gnome à sa chambre et l'installa sur le petit lit. La figure souriante dont Ombrage et Spica avaient gardé le souvenir était pâle et grise, ses yeux vitreux. Ses mains agiles étaient à présent froides et tremblantes. Sulfure, lui aussi, était dans un sale état ; son visage portait plusieurs contusions.

– Ils l'ont jeté à la Taverne comme un vieux sac. Hornblende m'a fait l'amener ici, grogna le Gnome avec amertume.

Il s'assit à table avec les autres, tandis que Diamantis et Galène partaient accomplir leur temps de travail à la fabrication des cuirasses, comme tous les jours de l'année… depuis des années.

À ce moment, Cuprum, le guérisseur, arriva. Il se rendit immédiatement dans la chambre du pauvre Rutilus.

– Il va s'en remettre ? s'inquiéta Robinia.

– Qui sait ? Il est très âgé, mais d'une nature robuste, murmura Sulfure. Voilà où nous en sommes réduits... Il nous semble presque normal d'accepter tout cela. Où est passée notre fierté ?

– Mais qu'est-ce qu'ils lui voulaient ? l'interrogea Spica.

Sulfure haussa les épaules.

– Ils ne lui ont rien demandé... Désormais, ils ne demandent plus rien.

– Comment le sais-tu ? ajouta Robinia.

– Parce que j'y étais.

Les Elfes échangèrent un regard et Ombrage plissa le front. Décidément, Sulfure ne lui plaisait pas.

– Pourquoi... (Robinia avala sa salive.) Pourquoi n'as-tu pas essayé de l'aider, puisque tu étais là ?

Le Gnome se mit à engloutir furieusement des bouchées de ragoût, comme pour défouler sa rage.

– Ils nous ont arrêtés séparément, dit-il en mastiquant. Et de quel droit me questionnez-vous ? Après tout, pensez ce que vous voulez, Elfes, mais croyez-vous vraiment que si j'avais pu agir, je ne l'aurais pas fait ?

La question tomba dans le vide. Dans la pièce on

n'entendait plus que le crépitement des flammes et le bruit des mâchoires de Sulfure.

– Diamantis et Galène m'ont parlé de votre prisonnier, reprit-il, la bouche pleine. Vous aussi vous vous êtes donné du mal, pas vrai ?

– Nous n'avons torturé personne, nous, siffla Spica.

– Mais vous avez pu tirer quelques informations utiles de ce qu'il a dit, répliqua le Gnome en fixant Ombrage avec une mine hostile.

– Ou de ce qu'il *n'a pas* dit... rectifia l'Elfe, en tâchant de dépasser sa défiance envers Sulfure, ainsi que Stellarius le lui avait demandé.

Un sourire amer apparut sur le visage marqué du Maître Fondeur.

– L'espion ? C'est de cela dont tu parles ? Il n'y a rien de pire que d'être envahi par le doute, c'est vrai. Moi, j'ai toujours été méfiant. Je pense que tu connais ça, vu la manière dont tu me regardes. Toi non plus, tu ne me fais pas confiance. Et pourtant Stellarius a raison : nous sommes peu nombreux et en position de faiblesse. Si nous ne nous faisons pas confiance l'un l'autre, nous jouons le jeu des Scélérats.

Mais si nous nous faisons confiance et qu'il y a réellement un traître parmi nous, alors ce ne sera pas seulement la fin de l'un de nous, mais la fin de toute la révolte. Et la fin de Belleroche, conclut-il en repoussant le bol vide.

Soufretin grogna tristement et leva le museau, flairant quelque chose. Il se tortilla pour s'échapper des bras de Robinia et sortit furtivement de la pièce.

Sulfure reprit la parole.

– Mais c'est autre chose qui m'intéresse maintenant. Avez-vous des nouvelles du mage ? grommela-t-il sèchement. Je dois savoir si vous êtes prêts à continuer, même sans lui.

– Pourquoi cette question ? dit Robinia.

– Parce que le moment approche. Dès que le mage fera à nouveau couler l'eau des deux sources, vous devrez vous introduire dans la maison du Vieux Maître. Les Chevaliers sans Cœur y sont peu nombreux mais ils restent des Chevaliers. Pensez-vous avoir le dessus, avec un seul bras, une seule arme capable de les vaincre ?

Ombrage coupa court :

– Nous réussirons. Dis-moi plutôt, avez-vous décidé quand vous passerez à l'action pour reconquérir la ville ? Y a-t-il assez de munitions pour vos frondes ? Assez pour affronter les Scélérats ?

– Très bientôt nous en aurons suffisamment, et pour nous dissimuler, nous enfilerons les manteaux d'Ensorceleuse. Par contre, ils vous seront de peu d'utilité : ces manteaux ne fonctionnent pas bien avec les Chevaliers. Ne le prends pas mal, jeune Elfe, je ne veux pas être défaitiste. Mais il faut considérer tous les éléments, avant d'entreprendre une mission aussi périlleuse que la vôtre. Où pensez-vous qu'ils nous ont amenés, Rutilus et moi ?

– Dans la… maison du Vieux Maître ? essaya Robinia.

– L'Implacable apprécie parfois d'interroger, personnellement, *ses sujets dévoués*, prononça Sulfure, le visage déformé par une grimace sinistre.

– Tu as vu les Chevaliers, à l'intérieur ?

– Il y en a deux à l'entrée de la salle du Trône. Deux à l'entrée principale de la maison, un au pied de l'escalier qui conduit au premier étage et un devant la porte de la cuisine. Ils ne sont pas nombreux, mais bien répartis. Les issues sont étroitement surveillées.

– Et le passage secret qui conduit au jardin ? Il est gardé ? demanda Ombrage.

– Non, mais une fois dans le jardin, la difficulté est de vous introduire dans la maison, répéta Sulfure. Et pour cela, comme je vous l'ai dit, les manteaux d'Ensorceleuse ne suffiront pas.

– De cela, nous ferons notre affaire, murmura Ombrage en détournant le regard.

17
LA SERPENTINE

Stellarius souffla dans ses mains pour les réchauffer et regarda autour de lui. La lumière descendait rapidement. Avec l'aide de Mordicante et grâce aux indications de Sulfure, il était arrivé à destination.

À présent il la voyait. La source était ensevelie sous une avalanche de roches et de glace qui avait obstrué le cours du ruisseau, formant une petite mare d'eau verdâtre. La zone était particulièrement dangereuse à cause du risque de nouveaux éboulements et avalanches. Comme les roches éboulées formaient une sorte de digue, le niveau de l'eau avait monté. La source avait trouvé une voie d'écoulement sous l'épais manteau de glace et jaillissait en une petite cascade, entourée de rochers pointus.

La mare se trouvait sur un à-plat tellement découvert que, de jour, les condors n'auraient manqué de le repérer. Pour passer inaperçu, il devait agir de nuit. Pour faire fondre la glace sous laquelle coulait la source, il devrait donc renoncer aux magies lumineuses, trop voyantes. Il devait se méfier des condors, mais aussi des autres vigies des Scélérats : Trolls des Neiges et Ensorceleuses. En outre, faire fondre la glace n'était que la première étape : il faudrait aussi déplacer les roches qui obstruaient l'ancien cours de la Serpentine.

Malheureusement, à cause du manteau neigeux, Stellarius ne pouvait pas localiser exactement le lit du ruisseau. Il lui faudrait le deviner en observant la forme de la montagne.

Sulfure lui avait parlé d'un « étroit canal recouvert de morceaux de branches brisées qui formaient un sentier vert brillant cheminant sur le dos de la montagne, face à la ville de Belleroche. Par beau temps, on aurait dit un long serpent émeraude ».

Stellarius devait atteindre ce canal sous le manteau de neige, dégager les roches et rendre l'eau à la ville. Le mage descendit de selle et passa la main sur le museau de Mordicante, dont les yeux renvoyaient les reflets rouges du soleil couchant.

– Nous devrons nous débrouiller seuls, lui murmura-t-il à l'oreille. Et en une seule nuit. (L'hermine s'ébroua et le mage sourit sous sa barbe hirsute.) Oui, je sais. Une nuit, c'est court, mais Ombrage et les autres ont peu de temps. J'aurai besoin de ton aide... La nuit fourmille de regards, et nous devrons nous faire remarquer le moins possible.

L'avenir du royaume des Gnomes était incertain. Mais celui du royaume de la Fantaisie tout entier était menacé si personne ne détruisait le sceptre de la Reine Noire. C'était probablement ce sceptre qui avait causé la perte d'un des plus anciens royaumes. Depuis des temps immémoriaux, ses habitants s'étaient voués à protéger le royaume de la Fantaisie contre les forces du Mal. C'est de là que venait le père d'Ombrage : l'île des Chevaliers.

Distraitement, le mage promena son doigt sur la pierre turquoise noircie qui, autrefois, ouvrait le Portail de cet ancien royaume. Les Sorcières avaient transformé le Portail en instrument pour catalyser leurs Miroirs des Hordes. Sur la pierre on ne distinguait presque plus le symbole du dragon... L'île avait été effacée sur un simple mouvement du sceptre de la Reine Noire.

Mais sans doute quelque chose était arrivé qui avait empêché les Sorcières d'envahir les autres royaumes de manière aussi foudroyante... Quelque chose les avait ralenties et obligées à recourir aux Miroirs des Hordes.

Ce ne pouvait être le fameux défaut qu'il avait remarqué sur le sceptre… non. La Reine des Sorcières l'aurait tout de suite compris, elle se serait vengée sur les Gnomes.

Non, c'était autre chose qui l'avait retardée, pensa le mage, tandis que la nuit tombait sur les montagnes.

Il faisait un froid glacial, et l'air mordait la peau. C'était le moment d'agir.

Le mage tira son bâton de dessous la selle de Mordicante et le leva dans les airs. Il prononça quelques paroles mystérieuses avant de le pointer vers le sol enneigé. Le bâton brilla d'une lumière pourpre et s'enfonça dans la surface blanche. Un frémissement traversa la montagne.

La vibration fut brève et presque imperceptible, mais cela suffit au mage pour dialoguer avec la roche des Montagnes Enneigées et apprendre où se trouvait le canal. Et il vit. Avec le regard de son esprit. Il ouvrit les yeux et soupira. Par bonheur, les rochers de l'éboulis n'avaient obstrué le canal qu'en un seul point. Le reste n'était que neige et glace, qu'il pourrait faire fondre à l'aide d'une magie élémentaire : il suffirait de réchauffer l'eau juste assez pour qu'elle se fraye un passage jusqu'à la ville. En revanche, pour les roches, Mordicante et lui devraient procéder de la seule manière possible : en creusant avec les mains et les pattes.

– Viens avec moi, ma belle. Une longue nuit, froide et laborieuse, nous attend.

Et il commença à dégager la source Serpentine.

18

DES PLANS SECRETS

Sulfure traça des lignes sur une feuille de papier et pointa le doigt.

– Nous sommes ici, dit-il, voici l'entrée de la maison de Rutilus. En traversant la rue Pierreuse, on tombe tout de suite sur la place du Quartz.

– C'est là que donne l'arrière de la maison du Vieux Maître ? demanda Ombrage.

– N'entrez pas sur cette place, mais prenez la rue à gauche avec le petit escalier, continua Sulfure en ignorant la question d'Ombrage. Vous arriverez dans la rue du Sel-Gemme. Elle fait quasiment tout le tour de la maison du Vieux Maître. Attention, une patrouille de Scélérats la traverse régulièrement. Nous avons mesuré le temps entre deux rondes : un tour de sablier environ... C'est le temps dont vous disposerez pour pénétrer dans le passage secret, une fois que le mécanisme des Cinq Sources aura été enclenché. De la salle de l'Espérium, nous ferons couler l'eau dès que les Scélérats se seront éloignés de la rue du

Sel-Gemme. Vous aurez tout le temps nécessaire pour ouvrir la trappe, descendre dans le conduit et remonter dans le jardin, sans être vus.

– Et, ensuite, pour sortir ? s'inquiéta Robinia.

Tout en parlant, elle essayait d'éloigner Soufretin de la carte du Gnome. Depuis qu'ils étaient hébergés dans cette maison, allez savoir pourquoi, son ami à plumes était de plus en plus nerveux et ne tenait pas en place.

– Si tout se déroule comme prévu, peu importe comment vous sortirez, car nous aurons déjà repris possession des rues de Belleroche.

– Et une fois dans le jardin ? demanda Ombrage.

Sur une autre feuille, le Gnome dessina le plan de la maison du Vieux Maître.

– Ce ne sera pas facile. Vous déboucherez dans le jardin par cette trappe, indiquée par un X. Vous y verrez l'unique sapin blanc de la région, le seul conifère que les Lymantrides n'ont pas dévoré.

– Pourquoi ? demanda Spica.

– Parce que ce n'est pas un sapin comme les autres, répondit Sulfure. Il fut offert aux premiers Maîtres par la Fée Neigeanne. C'est un arbre très particulier, proportionné à la taille des Gnomes, et blanc comme la neige... Dans le jardin, vous verrez des arcades : c'est par là que vous entrerez dans le bâtiment principal. Une des deux portes ouvre sur une réserve de bois, l'autre sur la cuisine. D'après mes observations, le premier Chevalier sans Cœur fait des allées et venues entre l'extérieur et l'intérieur de la cuisine. Si vous réussissez à tromper sa vigilance, vous entrerez dans la cuisine pour gagner le salon principal par le couloir. Un escalier y monte au premier étage. Il est surveillé par le second Chevalier sans Cœur, et probablement par quelques Scélérats.

– La salle du Trône se trouve à l'étage ? demanda Spica.

– Oui. Autrefois, ce trône était le symbole même de Belleroche.

En l'entendant parler avec tant de fierté du Trône de Pierre, Ombrage regretta l'antipathie qu'il avait éprouvée à l'égard du Maître Fondeur.

– Sur sa base sont sculptées des scènes de la fondation de Belleroche, poursuivit Sulfure. Le dossier du trône est finement gravé de motifs géométriques raffinés…

Ses yeux clairs se posèrent sur le plan de la maison, lui rappelant brutalement la raison de leur présence à cette table.

– Bon. Ne faites pas attention à la mélancolie d'un nigaud de Gnome nostalgique… Où en étions-nous ? Ah oui ! En haut de l'escalier, ignorez les trois portes

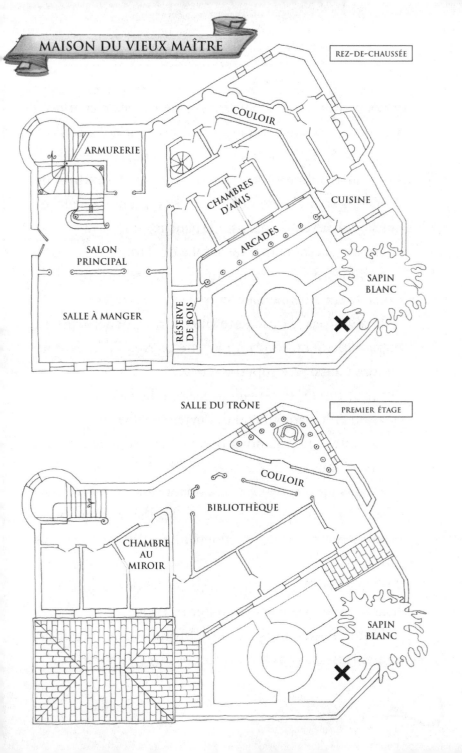

sur votre droite : elles ouvrent sur de vieilles chambres à coucher. Par contre, en face, vous verrez un long couloir. Sur les murs, des tableaux et des tapisseries, sur le sol des tapis… ils étoufferont le bruit de vos pas. À l'endroit où le corridor se divise en deux branches, prenez à gauche ; avancez encore et toujours sur la gauche, jusqu'à une porte imposante : c'est l'entrée de la salle du Trône.

– Sommes-nous certains que la pierre qui ouvre le Portail y sera ? demanda Ombrage.

– Il n'y a pas de cachette plus sûre à Belleroche. Et l'Implacable tient beaucoup à cette pierre. S'il la perdait, il perdrait aussi sa « superbe » tête…

Tous se turent, observant avec appréhension le plan de la maison et le parcours qu'ils devraient suivre.

– Comment ferons-nous pour passer sous le nez des Chevaliers sans qu'ils s'en aperçoivent ?

– Je ne sais pas, dit Sulfure. Les manteaux d'Ensorceleuse ne vous camoufleront que si vous êtes loin et immobiles. Je vous le répète, ils ne fonctionnent pas très bien avec les Chevaliers…

– D'une manière ou d'une autre, nous nous en sortirons, déclara Ombrage, avant d'ajouter : Et vous ?

– Nous aussi, nous nous débrouillerons, répondit Sulfure. Je ne sais pas si nous aurons assez de munitions…

mais nous devons prendre le risque. Si le mage a vu juste, c'est le bon moment. Le seul moment, conclut-il en fixant Ombrage.

Puis il reprit :

– Une fois hors de la maison du Vieux Maître, vous devrez rejoindre la porte principale de Belleroche. La rue du Sel-Gemme débouche sur la rue de la Forge, dit-il en la montrant sur la carte. La porte se trouve au bout de la rue. Si nous réussissons à surprendre les Scélérats, elle sera ouverte. Si jamais Diamantis ne vous y attend pas, ne vous attardez pas et dirigez-vous vers le Pic Glacé. Si nous avons de la chance, nous nous reverrons tous là.

– Le Pic Glacé, répéta Ombrage en pensant à Stellarius.

Sulfure acquiesça et, à cet instant précis, le carillon de la porte retentit.

Quelqu'un alla ouvrir, et le petit Béryl entra dans la cuisine, haletant. Il souriait comme s'il venait de recevoir un merveilleux cadeau.

– La Serpentine ! cria-t-il, les yeux brillants. La source Serpentine coule à nouveau !

Les heures passaient lentement. Les Gnomes allaient et venaient dans la maison du Maître Cuirassier. Dans les grottes on armait les hermines pour la bataille, dans les maisons on faisait reluire les vieilles armures cachées depuis très longtemps, on chantait des chansons sur Belleroche, on berçait les petits Gnomes en leur promettant un avenir de liberté. Et on attendait aussi que la source Ferrugineuse recommence à donner son eau. Alors seulement les Cinq Maîtres, réunis dans la salle de l'Espérium, pourraient déclencher le mécanisme qui débloquerait la serrure et ouvrirait la trappe vers la maison du Vieux Maître.

Pendant ce temps la Révolution Silencieuse avait débuté : armés de frondes, les Gnomes abattaient les Scélérats de garde et prenaient leur place et leurs vêtements. Pour pouvoir se reconnaître mutuellement, ils avaient convenu d'un code :

– *Qui va là ?*

– *Des esprits libres en quête de liberté.*

– *Longue vie au royaume des Gnomes de Forge !*

Et le plan paraissait fonctionner.

Tandis que toute la ville était en effervescence, les quatre Elfes attendaient, reclus dans la maison de Rutilus.

Ombrage sortit la boussole de la Reine des Fées pour voir si elle s'était remise à fonctionner. Non, l'aiguille tournait encore…

L'Elfe était sur le point de la ranger, quand l'aiguille s'immobilisa soudain. Ombrage leva les yeux : elle pointait sur la porte de la cuisine.

Sulfure apparut alors sur le seuil.

Il s'approcha du feu et versa de la soupe dans son bol de métal. Pendant tout ce temps, l'aiguille de la boussole demeura immobile.

Ombrage jeta un coup d'œil autour de lui. Regulus et Robinia étaient allés se reposer dans leur chambre. Spica était endormie sur sa chaise, Soufretin blotti sur ses genoux. Il n'y avait donc personne d'autre.

Seulement Sulfure et lui.

19

LE CARILLON DES FÉES

Les voix étaient basses, mais elles la réveillèrent tout de même. Spica n'avait pas idée du temps écoulé. Son cou lui faisait mal car elle s'était assoupie dans une position incommode, mais elle ne bougea pas et tendit l'oreille.

– Non, disait Sulfure, cela ne concerne pas la magie du sceptre. Le mage m'a demandé d'enquêter sur autre chose.

– Stellarius a parlé d'un défaut, déclara Ombrage.

– Oui, les plans d'élaboration de Cinabre sont clairs à ce sujet : l'alliage qui le constitue est plus fragile qu'il ne le devrait.

Ombrage ne comprenait pas bien.

– Fragile… comme du verre ?

– Non, pas aussi fragile que du verre. Différents alliages peuvent accueillir et porter la magie. Si le sceptre était forgé du même métal que les armures noires, tu pourrais le détruire avec ton épée. Mais là… ton épée ne suffira pas.

– Alors, que veux-tu dire par « fragile » ? demanda l'Elfe.

– D'après ce que j'ai pu comprendre, cet alliage céderait à un... son. Un son qui l'affaiblirait à tel point qu'une arme quelconque le briserait en mille morceaux.

– Un son ? répéta Ombrage, incrédule.

– Oui, Elfe. Tu sais à quel point certains sons peuvent être puissants : un son trop aigu et les verres de cristal éclatent, un éclat de voix au mauvais moment et une avalanche dévale la montagne...

Un tison de braise explosa et Spica sursauta. Ombrage et Sulfure se retournèrent aussitôt. Elle se gratta la tempe et sourit.

– Oui, un son magique... dit-elle le plus naturellement du monde. Mais quel genre de son ?

Les deux autres continuèrent comme si de rien n'était.

– J'ai étudié attentivement les plans d'élaboration...

– Et tu as découvert comment détruire le sceptre ? demanda Ombrage.

– Cinabre le savait. Il avait dû réaliser l'erreur terrible qu'il avait commise en aidant la Reine Noire. Il chercha alors le moyen d'y remédier.

– Et quel est ce son ? s'impatienta Ombrage.

– Le son d'une clochette, dit le Maître Fondeur. De cette clochette. C'est pour vous l'apporter que je suis venu.

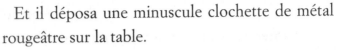

Et il déposa une minuscule clochette de métal rougeâtre sur la table.

Elle n'émit aucun son.

– Une simple clochette ? Et en quoi pourrait-elle inquiéter la Reine Noire ? s'étonna Spica.

– Elle produit un son très particulier. Nous l'appelons le Carillon des Fées car elle fut offerte aux Gnomes de Forge par une Fée.

– Une Fée ?

– Neigeanne, la Fée des Pics Neigeux. Elle nous a aidés à choisir le lieu où fut construit Belleroche. Avant de partir elle nous a donné cet objet en gage d'amitié. Elle a précisé qu'un jour, il nous serait utile.

– Comment pouvait-elle savoir ce qui allait arriver ? Comment est-ce possible ?

– Les Fées en savent beaucoup, dit Sulfure en haussant les épaules. Nous ne pouvons pas vérifier si la clochette fonctionne, mais tout concorde : les paroles de Neigeanne et les notes de Cinabre qui font allusion à une « vibration magique ».

Il souleva la clochette et l'agita.

Spica en resta bouche bée.

– Mais… elle ne sonne pas ! s'exclama la jeune Elfe.

– Oh si, elle sonne. Mais nous ne pouvons l'entendre.

Cinabre connaissait bien les propriétés de cette petite cloche, il a élaboré le sceptre en les exploitant, expliqua Sulfure. Prenez-la et emportez-la avec vous.

Ombrage prit la clochette et le Gnome partit.

À ce moment, l'oreille fine de Soufretin perçut un léger frémissement. Ses yeux jaunes s'entrouvrirent et cherchèrent, dans les airs, la phalène.

D'un bond, le petit Dragon à plumes sauta sur le dossier de la chaise et souffla une flamme verte. La phalène prit feu et retomba sur la table, calcinée. Soufretin se mit à la grignoter avec un grognement de satisfaction.

20

LES TROLLS

'était une matinée claire et froide. Stellarius s'arrêta derrière un éperon rocheux et observa au-delà. Le vacarme infernal qui l'avait conduit jusqu'ici venait juste de cesser. Mordicante avait commencé à flairer les ennemis dans la nuit. Le campement des Trolls des Neiges était plein d'ombres blanches et pâles qui se mouvaient sur un fond éblouissant. Un combat entre chefs avait sans doute eu lieu. À terre on distinguait un corps tordu, du sang noir de Troll maculait la neige.

Le camp était entouré de pointes de glace dressées qui formaient une enceinte, autour de laquelle étaient disposés des pièges. Stellarius n'avait pas le choix : il devait détruire ce camp pour libérer la source Ferrugineuse qui se trouvait sous sa surface.

La magie était de son côté, certes, mais les ennemis étaient nombreux, et mesuraient au moins deux fois et demie sa taille. Et même sans cela, c'étaient des créatures très dangereuses. Tandis qu'il étudiait minutieusement la situation, il réalisa que l'unique moyen était de les prendre par surprise. Seul. Ou avec un petit soutien.

La plainte de Mordicante s'éleva au-dessus des montagnes, faible mais reconnaissable entre toutes. Dans les tentes des Trolls recouvertes de peau de loup gris, un bruissement se fit entendre, puis un groupe de silhouettes dépenaillées et blafardes se dirigea rapidement vers les pièges à l'extérieur du campement.

Une grosse hermine, cela signifiait de la viande pour tout le monde. Stellarius percevait l'écœurante excitation qui suintait des voix des Trolls alors qu'ils s'approchaient du piège où Mordicante s'était laissée capturer. Ils allaient transporter l'animal à l'intérieur du camp, ce qui permettrait à Stellarius de franchir la palissade de glace, sans tomber dans un des pièges difficiles à repérer même pour un mage expérimenté. Puis il devrait agir rapidement.

En observant le camp à partir de sa position, Stellarius avait repéré un réseau de tuyaux de métal noir, à l'intérieur desquels, selon toute vraisemblance, coulait de l'eau. L'eau de la source Ferrugineuse. C'était là qu'il devrait se rendre. Mais d'abord il lui faudrait mettre hors d'état de marche la cheminée dont les Trolls se servaient pour envoyer des signaux de fumée. Sinon, en un rien de temps, toutes les montagnes, et même les Scélérats dans la ville, seraient avertis de l'attaque.

Une fois la première action magique accomplie, il se trouverait seul face à tous les Trolls. Des ennemis difficiles à vaincre, contre lesquels il lui faudrait mettre en œuvre toute sa science des enchantements de feu et de chaleur…

En silence, Stellarius attendit que les Trolls parviennent jusqu'à Mordicante, l'entourent et l'enserrent dans leurs cordes de gel. L'hermine ruait et mordait, écumant de rage, tandis que les Trolls la traînaient au milieu des tentes. Ils la piquaient de leurs longues lances aux pointes de glace. Mordicante ne s'avouait pas vaincue, et d'une violente

secousse, elle parvint à desserrer la corde autour de son cou et à saisir un de ses tortionnaires entre ses crocs.

Le cri strident du jeune Troll retentit dans le campement. Au lieu de lui porter secours, ses aînés éclatèrent de rire, tandis que des taches de sang d'un noir intense souillaient la neige.

– Encore un peu de patience, ma belle, murmura Stellarius, comme si l'hermine pouvait l'entendre.

Rendu invisible par la lumière de cristal qui scintillait au sommet de son bâton, il se faufila parmi les tentes. Il passa avec précaution derrière deux vieux Trolls assis sur des tas de pierres, très occupés à observer la scène. Tout le camp s'était rassemblé autour de sa proie.

Il n'y avait pas de temps à perdre…

Stellarius se dirigea en hâte vers la cheminée aux signaux. Dans un murmure, il ordonna au feu de s'éteindre sans faire de fumée. Et la braise obéit. Alors le mage ordonna à la glace de fermer hermétiquement l'enceinte du camp. Et la glace obéit.

De longs stylets de glace émergèrent de la neige, et silencieusement ils obstruèrent, comme une toile d'araignée, les deux entrées du camp, le transformant en une prison blanche pour Stellarius et Mordicante, mais aussi pour les Trolls, qui s'en croyaient les maîtres.

Personne ne pouvait plus s'en échapper.

Le mage se tourna vers les tuyaux dans lesquels coulait l'eau de la source Ferrugineuse, enfermée pour servir les Trolls. Il l'entendait écumer, bouillonner de rage. Le mage écouta : l'eau était furieuse, emprisonnée dans la glace. Elle réclamait sa libération. Et il était justement venu pour cela.

Il posa sa main sur la froide tubulure métallique et, en murmurant une simple parole, lui transmit chaleur et force.

Le courant frémit en signe de remerciement, puis les tuyaux se mirent à siffler. La pression montait en puissance, les soudures commençaient à céder. L'eau de la source Ferrugineuse rugit puis jaillit, enfin libre de se creuser un chemin à travers les glaces des montagnes. La chaleur fit fondre une partie de la neige, une brume dense s'éleva et enveloppa le camp dans un nuage de vapeur grise.

Un jeune Troll porta son regard dans la direction du mage et le vit. Il poussa un ululement de rage. Stellarius se leva et se prépara au combat, fixant son ennemi dans les yeux.

Mordicante rua et se libéra de l'emprise de deux Trolls.

Le mage remua rapidement les lèvres. Le bâton,

obéissant à ses paroles, se mit à crépiter et à gronder comme le tonnerre.

La bataille commençait.

Stellarius ne cessait de lutter. Des langues de feu roulaient dans les airs. Des corps énormes s'écroulaient à terre l'un après l'autre, tandis que lances et poignards s'élançaient sur le mage. Mais ils étaient trop nombreux pour que Stellarius, même avec sa magie, puisse les éviter tous. Un coup le fit tomber sur le sol, et le bâton lui échappa des mains. Le mage rugit et, serrant les dents, il tendit ses longues mains. Des éclairs pourpres jaillirent de ses doigts, tandis que sa voix puissante continuait à lancer des sortilèges.

Enfin Mordicante réussit à se libérer complètement de ses bourreaux et se précipita sur eux avec une férocité redoublée par les tourments qu'ils lui avaient infligés.

Ils combattirent tous les deux, longtemps, avec courage et hardiesse, dans la brume dense et grise qui continuait à monter du camp. Ils combattirent dans les vapeurs de la source Ferrugineuse, jusqu'à ce que la lourde froideur du silence retombe de ce côté des montagnes.

Mais alors que le vacarme de la bataille semblait assoupi, un hurlement glaçant lacéra l'air, juste derrière Stellarius.

Le mage se retourna, juste à temps pour s'écarter ; le coup porta mais seulement de côté. Dans un effort extrême, il leva la main devant son visage et, murmurant des paroles mystérieuses, lança un sortilège contre le dernier Troll. Le plus féroce.

Une lumière aveuglante frappa le Troll.

Il eut le temps de fixer le mage d'un air étonné, avant de s'écrouler à terre, en manquant d'un souffle d'écraser Stellarius.

Le mage resta immobile, haletant, les pommettes sanglantes et la main douloureuse à cause du coup reçu. Il retrouva son bâton planté dans la neige comme une épée et s'appuya dessus. Mordicante, blessée elle aussi, s'approcha et frotta son museau contre son épaule, comme pour le féliciter de sa victoire.

– Comment vas-tu, ma belle ? Oui, je sais… je commence à me faire vieux pour ce genre d'exercice, lui dit le mage en souriant.

Autour d'eux le silence semblait plus dur que la glace. Le vent se leva. Les vapeurs de la source Ferrugineuse se mirent en mouvement, emportées tel un nuage en direction de Belleroche.

Soudain les oreilles de Mordicante se dressèrent, en alerte.

– Qu'y a-t-il ? demanda le mage.

Et à cet instant, lui aussi entendit la voix.

Elle venait des Puits de Glace.

21

DES RUES DANS LA BRUME

uand la nouvelle arriva, les Elfes étaient en train de régler les derniers détails de leur plan. Elle leur fut délivrée par le petit Béryl qui arriva en criant, suivi de Hornblende.

Soufretin, qui s'était faufilé dans le conduit de la cheminée, redescendit d'un bond, couvert de cendres, grignotant quelque chose. Il fixa Béryl d'un air méfiant, soufflant des boules de suie de ses narines. Robinia le réprimanda, mais toute l'attention s'était concentrée sur la nouvelle qu'apportait le petit Gnome : l'eau de la source Ferrugineuse était revenue.

– Le mage a réussi !

– Oui, confirma Hornblende, un peu essoufflée par sa course. Et une haute colonne de fumée s'est levée au-dessus des montagnes. Les Scélérats commencent à murmurer... Je crois que le moment est venu d'achever la prise de la ville, conclut-elle en posant sa main sur le bras de Sulfure.

– Où en sommes-nous ? demanda le Maître Fondeur à Cuprum, qui, depuis des heures, allait et venait pour finir de tout organiser.

Cuprum s'approcha de la table en bois. Il y avait disposé les feuilles de parchemin sur lesquelles le plan de la ville était dessiné. Il montra les cercles colorés qu'il avait tracés.

– Nous avons conquis la zone de la source Ténébreuse. Tous les entrepôts et toutes les maisons de la rue du Creuset sont à nous.

– Et nous avons aussi repris la Taverne, déclara Hornblende en ajoutant un cercle sur le parchemin.

– Il nous reste *seulement* le plus difficile : les maisons de la rue de la Forge et le Refuge du condor, qui ont été réquisitionnés par les Scélérats pour y loger leurs troupes. Et puis la Citadelle de la Ciselure, où sont fabriquées les armures noires. Il y a aussi la maison du Vieux Maître, où se trouvent les Chevaliers sans Cœur...

– Ceux-là, nous nous en occuperons, intervint Regulus en tapotant amicalement l'épaule d'Ombrage.

Il eut aussitôt l'impression d'avoir dit une bêtise, car tous les Gnomes s'étaient tournés vers Ombrage et lui avec une mine préoccupée.

Hornblende serra Béryl contre elle et demanda, inquiète :

– Vous êtes sûrs de pouvoir vous en sortir ?

– Nous le devons, répondit Ombrage, et il posa la main sur Poison en esquissant un sourire.

– Assez parlé. Il n'y a pas de temps à perdre, coupa Sulfure. Nous devons nous dépêcher de reprendre la ville. Vous aussi, Elfes, vous avez beaucoup à faire.

– Oui. Il vaut mieux y aller. Béryl et Tourmaline vous accompagneront, dit Diamantis. Et n'oubliez pas ceci : c'est la clef de la trappe, ajouta-t-il en la leur tendant.

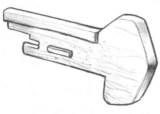

– Bonne chance. Vous en aurez besoin ! les salua Sulfure.

Et il sortit de la forge en toute hâte.

Robinia tentait sans succès de faire entrer Soufretin dans un sac. Chaque fois qu'elle l'attrapait, le petit Dragon lui glissait entre les mains telle une anguille.

– Qu'est-ce qui m'a pris de l'emmener ! s'énerva-t-elle.

– Est-ce que vous avez pensé que c'est peut-être lui le Dragon de la prophétie de Juniperus ? fit remarquer Regulus, tandis qu'il bloquait Soufretin.

Seuls peuvent l'arc, l'oie, le dragon, l'épée
De la horde nous débarrasser…

Robinia lui jeta un regard ironique, tandis qu'elle saisissait la bestiole par la queue et la tirait vers elle.

– Quoi ! Cette boule de plumes, tu plaisantes ?

– Ben, pourquoi pas ? La prédiction parle aussi d'une oie. L'oie n'est pas non plus un animal héroïque, que je sache… grommela le jeune Elfe.

Soufretin glissa pour la énième fois des mains de Robinia et grimpa sur le mur en grognant.

– Quoi qu'il en soit, Soufretin ne semble pas décidé à nous accompagner, observa Ombrage qui rejoignait ses amis, tout en agrafant le col de son manteau d'Ensorceleuse.

– Mais nous ne pouvons pas l'abandonner ici ! protesta Robinia.

Le petit Dragon visa un coin du plafond et cracha une flamme verte. Quelque chose crépita et tomba sur le sol.

– En tout cas, c'est un excellent chasseur d'insectes : voilà donc ce qu'il poursuit en permanence ! C'est étrange, je pensais qu'il n'y en aurait pas beaucoup avec ce froid, commenta Regulus.

– Des insectes ? releva Béryl, qui était apparu derrière eux avec Tourmaline. D'habitude, il n'y en a pas ici…

– Aucun ? demanda Spica, étonnée.

Ombrage donna la réponse :

– Aucun… à part les Lymantrides !

– Des Lymantrides ! gémit Tourmaline.

– Les espions des Sorcières, souffla Regulus.

– Mais alors, les Scélérats connaissent tous les plans des Gnomes ! dit Spica, bouleversée.

– Comment ont-elles fait pour entrer ?

– Il y a beaucoup de cheminées éteintes dans cette maison, des conduits… murmura Ombrage.

Pendant ce temps Soufretin était redescendu et croquait son insecte rôti. Puis, avec sa langue rugueuse, il se lécha le museau et jeta un coup d'œil sur les visages qui l'observaient.

Béryl était tout pâle.

– Nous devons avertir les autres !

– Si les Scélérats savent tout, papa et maman sont en danger ! s'écria Tourmaline.

– Peut-être qu'ils ne savent pas tout. Soufretin nous a aidés sans le vouloir en dévorant les phalènes !

Tourmaline se pencha pour caresser la tête du petit Dragon, qui grogna de satisfaction.

– Pourriez-vous le laisser ici ? Comme ça, s'il y a d'autres phalènes, il les trouvera, dit Béryl en plissant le front.

Robinia resta silencieuse, mais Ombrage approuva :

– En plus, il risquerait de nous poser des problèmes dans la maison du Vieux Maître.

– Ben, oui mais… bredouilla-t-elle, hésitante.

– Tu le retrouveras au Pic Glacé ! la rassura Tourmaline.

Robinia acquiesça et se pencha pour dire au revoir à Soufretin.

Il émit un gargouillis et se sauva dans le couloir, sans doute à la poursuite d'une autre Lymantride.

Tourmaline le rattrapa et l'amena dans la forge, où elle expliqua la situation aux autres Gnomes.

Les jeunes Elfes enfilèrent les manteaux d'Ensorceleuse.

– Tenez-vous les uns aux autres par le bas du manteau, dit Béryl.

Tourmaline revint auprès d'eux et se réfugia sous le manteau de son frère.

– La trappe est située au milieu de la rue du Sel-Gemme : c'est une plaque de métal portant l'emblème de Belleroche.

Au fur et à mesure qu'ils relevaient la capuche de leur manteau d'Ensorceleuse, ils disparurent un à un. Puis une main désormais invisible ouvrit la porte de la maison du Maître Cuirassier. Un courant d'air froid s'engouffra dans le couloir, qui les fit frissonner.

La salle de l'Espérium était le bâtiment le plus original de Belleroche, plus bas que les autres et d'une forme qui rappelait celle d'un haricot. Elle était parée d'étranges décorations, peintures et tapisseries, qui célébraient la découverte de l'espérium sur les montagnes du royaume, la construction de la ville et d'autres faits importants de l'histoire des Gnomes de Forge. Les Scélérats avaient cru qu'il s'agissait d'une sorte de musée. Ils l'avaient transformée en entrepôt pour les cuirasses en attente d'être livrées au-delà du Portail Oublié.

Les Maîtres s'arrêtèrent devant la grande porte d'entrée, considérant avec appréhension les deux Scélérats qui montaient la garde.

Diamantis siffla. Les gardes sursautèrent.

– Qui va là ?

– Des esprits libres en quête de liberté.

– Longue vie au royaume des Gnomes de Forge !

– Heureusement, c'est vous ! Nous avions

peur que vous n'ayez pas réussi à prendre la place des Scélérats, dit Galène.

– Et vous êtes tellement bien déguisés que vous nous avez fait une belle frayeur, ajouta Rutilus en riant.

Les Maîtres s'empressèrent de passer l'entrée.

À quelques pas derrière la porte, les vrais gardes gisaient à terre, évanouis. La salle était pleine d'armures noires démontées. Même le bassin central, qui devait recevoir l'eau des Cinq Sources, était encombré de caisses pleines de gants noirs. Les Gnomes se mirent au travail pour dégager le bassin.

C'était de cette salle que l'on commandait les dispositifs de défense de la ville, ainsi que le mécanisme de la trappe.

Chaque Maître gagna sa place pour actionner la mécanique. Diamantis fut le premier. Le grincement des petites roues dentées résonna, telle une plainte venue du fond des âges. Les tuyaux, restés vides trop longtemps, émirent des cliquetis, bourdonnèrent, puis, au bout d'un moment qui parut interminable, un mince filet d'eau s'échappa de l'embout, retombant dans un des canaux de la grande vasque ciselée. Bientôt, l'eau des Cinq Sources recommença à couler dans les cinq étroits canaux métalliques du bassin.

On entendit un bouillonnement. Les Gnomes avaient réussi à ouvrir la trappe.

La rue Pierreuse était envahie par la fumée de la montagne que le vent avait portée dans la cité. Grise et épaisse, elle s'accrochait aux habits et imprégnait d'humidité tout ce qu'elle touchait.

C'était si exceptionnel que Béryl et Tourmaline en restèrent bouche bée.

Les deux enfants, suivis par les Elfes, s'engouffrèrent dans une ruelle étroite qui s'enfonçait à travers les maisons de pierre. Tout paraissait se passer sans difficulté, mais Ombrage voyait dans cette brume un mauvais présage.

Quand les jumeaux s'arrêtèrent brusquement avant la rue du Sel-Gemme, les jeunes gens retinrent leur souffle. Plusieurs voix de Scélérats s'approchaient. Ils jacassaient au sujet de cette brume étrange qui venait de la montagne. Était-ce un de ces stupides sortilèges des Trolls des Neiges qui avait mal tourné ? Les Scélérats et les Trolls des Neiges, alliés aux Sorcières, combattaient du même côté, mais les Trolls formaient un peuple curieux et solitaire. Méchants et cruels, oui, mais toujours pour leur propre compte. La Reine Noire ne leur avait jamais promis de transformer l'univers en un désert de glace pour les récompenser, et donc ils ne s'étaient jamais vraiment soumis à son autorité.

Ils vivaient sur les montagnes et entendaient y demeurer. Ils les considéraient comme leur territoire et attaquaient, avec des lances de glace et des tempêtes de neige, quiconque osait s'approcher de leur camp, même s'il ne faisait qu'y passer.

L'Implacable avait tenté de faire alliance avec eux ; il avait tout juste obtenu qu'ils n'attaquent pas les Scélérats qui se rendaient sur les montagnes. Jamais les Trolls n'en avaient concédé autant aux Gnomes, avec qui ils étaient en hostilité ouverte depuis des siècles.

– D'après moi, ils se préparent à nous attaquer ! Regarde cette brume ! Fichtre ! Elle dégage une odeur de brûlé qui ne me plaît pas du tout, dit un des Scélérats, pendant qu'ils passaient sous le nez des Elfes, plaqués contre le mur d'une maison.

Peu après, les bruits de voix se perdirent dans le lointain, et les jeunes gens parvinrent jusqu'à la trappe.

Ombrage se baissa et se dépêcha d'introduire la clef de granit dans la serrure.

Dans un grincement plaintif, la trappe s'ouvrit. Ils poussèrent un soupir de soulagement.

C'était le moment. L'un après l'autre, ils descendirent.

– Soyez prudents, recommanda-t-il aux jumeaux avant de s'enfoncer dans l'obscurité.

– Vous aussi, répondit la voix de Tourmaline.

Ombrage acquiesça, disparut dans le noir et referma la trappe au-dessus de lui. Il serrait entre ses mains le plan de la maison du Vieux Maître.

Les jeunes Elfes restèrent un moment immobiles dans les ténèbres.

– Vous y voyez quelque chose ? dit Regulus.

– Chut ! gronda Spica, qui était quelque part derrière Ombrage. On pourrait nous entendre !

– Comme s'il y avait quelqu'un ici… grommela son frère.

Comme pour le démentir, Ombrage eut la sensation que Poison frémissait, et il en saisit la garde. La vibration se transmit à son bras. Presque en même temps, un son étrange se fit entendre dans le passage.

– Qu'est-ce que c'est ? demanda Robinia, inquiète.

– On dirait un grincement, chuchota Spica.

Ombrage secoua la tête et se faufila dans le passage exigu. Il voulait précéder ses amis au cas où un danger se présenterait.

Il avança à tâtons jusqu'à ce qu'il aperçoive une faible lumière grise qui venait du haut et se reflétait sur la pierre. Puis il distingua la trappe. Exactement comme les Gnomes l'avaient décrite. Il l'ouvrit avec précaution et regarda à l'extérieur. Là aussi, la brume tourbillonnait, humide et dense. Le son étrange se fit plus intense et désespéré.

Il y eut un bruit de pas, d'objets entrechoqués et de casseroles renversées, suivis par des insultes et des hurlements.

Le jeune Elfe, dissimulé par son manteau d'Ensorceleuse, sortit de l'étroite galerie en poussant sur ses bras. Ensuite il aida les autres à faire de même. Tout autour, on entrevoyait des plantes squelettiques, et un grand sapin blanc. Et le son persistait.

Un court instant, la brume se dissipa, leur offrant la vision du jardin et de la maison du Vieux Maître. Soudain, une grosse oie bondit dehors par la porte de la cuisine, criant tout ce qu'elle pouvait.

22

LE DÉJEUNER
DE L'IMPLACABLE

n Scélérat poursuivait la pauvre bête. Il sortit par la porte de la cuisine, se rua sur l'oie avec un couteau et la manqua.

L'animal s'enfuit, affolé et furieux, en hurlant et en battant des ailes de toutes ses forces. Même si elle était plutôt grande, la taille de l'oie ne dépassait pas les épaules des Elfes. Il s'agissait d'une espèce animale qui n'était pas originaire de ce royaume, sinon elle aurait été de dimensions gigantesques – c'était sans doute un des nombreux animaux amenés au royaume des Gnomes de Forge comme marchandise d'échange. En passant par le Portail, elle avait subi la réduction magique.

– Viens ici, sale bête ! cria le Scélérat en essayant de l'attraper. Tu ne m'échapperas pas. Mon patron doit te cuisiner pour l'Implacable.

Malgré les menaces du Scélérat, l'oie fuyait toujours. Ombrage, qui tenait la main sur son épée, sentait Poison qui vibrait. *Quelqu'un* était donc en danger.

Soudain, la prophétie de Juniperus lui revint à l'esprit :
Seuls peuvent l'arc, l'oie, le dragon, l'épée
De la horde nous débarrasser.

Regulus posa sa main sur l'épaule de Spica, et Robinia lui murmura :

– Vite ! Endors-le !

La jeune Étoilée empoigna son arc. Elle visa et tira. À l'instant où la flèche se détacha de la corde, elle devint transparente et s'enfonça dans le ventre du garçon de cuisine. Il roula des yeux et poussa un très faible gémissement, avant de s'écrouler à terre, endormi.

Comme par enchantement, l'oie cessa de crier et regarda autour d'elle, stupéfaite. Puis, lentement, elle s'approcha du corps du garçon et lui donna quelques coups de bec. Visiblement, elle ne comprenait pas ce qui s'était passé.

– Et maintenant ? demanda Spica.

– Il faut cacher le corps, déclara Ombrage. Ce doit être la réserve de bois dont Sulfure nous a parlé, dit-il en indiquant une porte fermée par un verrou.

La brume se faisait toujours plus épaisse.

Les jeunes saisirent le corps du Scélérat et le traînèrent vers la réserve de bois. Spica et Robinia ouvrirent leurs manteaux, qui gênaient leurs mouvements. Ils furent aussitôt dévisagés par les yeux courroucés de l'oie qui, de sa démarche comique, les avait suivis jusqu'à la porte.

– Et qu'est-ce que nous faisons d'elle ?

– Ça ne vous rappelle rien… ? demanda Regulus.

Spica acquiesça.

– Arc, épée, *oie*, dragon…

– Je ne sais pas, dit Robinia en secouant la tête, tandis que les deux jeunes traînaient le Scélérat dans la réserve, et que Regulus s'efforçait de refermer la porte. Je suis désolée, mais… vous croyez vraiment qu'une oie puisse être notre alliée ? Je pensais que la prophétie faisait allusion à des blasons, ou des choses de ce genre…

– Eh bien, de toute façon, *notre* oie ne finira pas dans l'assiette de l'Implacable ! s'exclama Regulus.

Pendant ce temps, l'animal s'était approché de la porte et penchait son long cou pour observer les empreintes des jeunes gens sur la neige.

– N'oublions pas ça, dit Regulus en se baissant pour ramasser le couperet du Scélérat. Si les Scélérats le trouvent, ils se douteront de quelque chose.

La main du jeune Elfe sortit du manteau, aussitôt aperçue par l'oie. L'animal bondit en avant, et d'un coup de bec, frappa le doigt de Regulus, qui étouffa un cri de douleur.

– Zut ! Sale bête, nous te sauvons la vie et toi tu nous agresses !

L'animal releva le cou et pencha sa tête de côté.

– Chut ! fit Ombrage.

Dans le silence surnaturel et inquiétant du jardin, on entendit un bruit de frottement, comme du métal qui traînait sur la pierre.

L'oie saisit Regulus par un bout du manteau et le tira derrière le grand sapin enneigé. Les autres se dissimulèrent derrière le coin de la réserve.

Un Chevalier sans Cœur apparut sous les arcades, scrutant les alentours de ses petits yeux rouges et méchants. Puis il se dirigea vers le centre du jardin et se retourna à nouveau. Les Elfes risquaient d'être repérés à tout instant.

– Garçon ! appela-t-il d'une voix caverneuse.

Évidemment, le garçon de cuisine ne répondit pas.

Ombrage vit le chevalier suivre des yeux la trace qu'ils avaient laissée en traînant le Scélérat. Il comprit qu'ils étaient sur le point d'être découverts. Ce n'était qu'une question de secondes.

Le Chevalier s'approcha de la réserve de bois, s'arrêta et observa minutieusement le jardin.

Le cœur battant, le jeune Elfe fit glisser sa main sur Poison et la sentit frémir. Oui, le danger était là… Il pouvait prendre le Chevalier par surprise, avant qu'il ne donne l'alarme.

Il fit un pas vers l'ennemi imposant qui lui tournait le dos. D'un seul mouvement, il sortit Poison et fit tournoyer la lame verte dans les airs. Un instant avant que le coup ne s'abatte, les yeux rouges se tournèrent vers Ombrage. Le jeune Elfe sut qu'il avait été vu et que le Chevalier avait compris.

Mais l'Épée du Destin poursuivit son chemin. De larges taches sombres apparurent sur la neige.

23

LE CHASSEUR

Au camp des Trolls, les vapeurs avaient été balayées par le vent. Un petit feu éclairait le visage de Stellarius, ainsi que les traits vieillis et amaigris du prisonnier qu'il avait sorti des Puits de Glace.

Le prisonnier s'efforçait de garder une allure digne, mais il tremblait de froid.

— Je te remercie, Stellarius, dit-il.

Puis il ajouta :

— Qu'est-ce qui t'a conduit ici pour affronter les Trolls des Neiges, avec une hermine pour seul appui ?

— Je pourrais te poser la même question : qu'est-ce qui t'a conduit ici ?

— Tu ne le devines pas ? demanda-t-il en fixant le mage dans les yeux.

Stellarius l'avait rencontré une seule fois, quand il était encore jeune homme, en d'autres temps, en d'autres lieux. Aujourd'hui, après toutes ces années de combats, l'Elfe qui se tenait devant lui n'avait plus rien à voir avec le jeune dont il se souvenait. À l'exception de ses yeux.

Ses cheveux, grisonnants sur les tempes, étaient incrustés de glace, et le tremblement qui l'agitait le faisait ressembler à un vieillard sans défense. Mais il n'était pas vieux. Et encore moins sans défense. Un Elfe de sa lignée ne pouvait pas l'être.

– C'est donc toi qui as anéanti la garnison des Scélérats au Vieux Pas ? demanda le mage.

– Je n'ai jamais aimé les larbins des Sorcières, ricana le prisonnier.

– Et j'imagine que c'était toi aussi, le chasseur dont m'a parlé Ombrage. Celui qui chassait les Dragons à plumes, au royaume des Forêts, pour le Roi Garou…

À l'évocation de cet épisode, son visage prit une expression grave. Il avala sa salive avant de répondre :

– Je connais les Dragons, tu le sais. Tu ne peux pas imaginer à quel point cela me fut difficile. Mais j'avais un devoir : protéger ce peuple. Les prisons étaient remplies de Forestiers enfermés dans des conditions épouvantables, à qui on ne donnait même pas à manger. J'ai réussi à en faire évader certains et à éviter plusieurs exécutions…

– Et tu as aussi aidé Ombrage, ajouta le mage.

– C'est vrai. C'est ainsi qu'il se fait appeler, dit le chasseur avec amertume. Peut-être vaut-il mieux que personne ne connaisse son vrai nom.

– Tu sais donc qui il est ?

– Comment pourrais-je l'ignorer ? Si son allure, son regard ne m'avaient pas suffi… cette fameuse épée aurait fait le reste.

L'ombre d'un sourire amer crispa le visage du chasseur.

– Alors pourquoi n'es-tu pas resté pour l'aider ?

– Il va bien ?

– Oui.

– J'ai fait ce que je pouvais. Mais nos routes ont pris des directions différentes.

– Crois-tu ?

Stellarius soupira profondément et reprit :

– Il va se mettre en route pour le royaume des Sorcières. N'est-ce pas là-bas que tu te rends ?

Le chasseur le regarda, surpris.

– Le royaume des Sorcières ? Pourquoi là-bas ? Il a libéré son peuple... Qu'est-ce qu'ils veulent de plus ? Que pourrait faire un jeune homme seul contre...

– Il n'est pas seul. Floridiana lui a confié une mission, et il a promis. Maintenant qu'il connaît le destin des royaumes perdus, il a décidé de les libérer. Cela le mènera sur ta route. Et l'a déjà conduit jusqu'ici.

– Ici ! rugit le chasseur. Il est ici ?!

Stellarius acquiesça calmement, et le chasseur se tut un long moment. Finalement il dit :

– Alors arrête-le ! La Reine Noire est sans pitié et elle est plus puissante que jamais. Elle possède un sceptre ! Un sceptre qui recèle une sorcellerie si terrifiante qu'elle a réduit notre île à un amas de roches sans vie, *d'un seul geste* ! J'en ai réchappé uniquement parce que j'étais parti en mission. Qu'est-ce qu'il pourrait faire, *lui* ?

– Ce jeune homme en sait beaucoup plus que tu ne le

crois. Il est grand. Il est capable de décider par lui-même. Pourquoi penses-tu que Floridiana l'a choisi ?

– Parce qu'elle croyait que plus aucun des Chevaliers de la Rose n'était en vie. Qu'il était le dernier de sa race… Mais ce n'est pas vrai. *Je* suis encore vivant. Et c'est à moi d'affronter Sorcia. À moi seul ! Pas à un jeune garçon !

– Oh, ça suffit ! S'il n'est pas seul, montre-le-lui ! Tu peux lui dire qui était son père. Tu peux lui révéler qui il est ! Descends avec moi dans la vallée, parle-lui, lutte à ses côtés. Tu sais qu'il devra combattre. Il aura besoin de toute l'aide possible, y compris de la tienne !

– Il ne me fera jamais confiance, objecta le chasseur en grinçant des dents au souvenir de sa discussion avec Ombrage au royaume des Forêts.

– Bien sûr qu'il ne te fera pas confiance, s'il ne sait pas qui tu es !

Puis, après un bref silence, Stellarius reprit :

– Mais tu ne m'as pas encore dit ce que tu faisais ici.

L'homme le fixa, irrité.

– Je cherchais Neigeanne, la Fée des Pics Neigeux. Elle m'a déjà aidé une fois, dans le

passé. J'espérais qu'elle m'indiquerait comment parvenir au Royaume Obscur !

— Il te faut traverser le Portail Oublié et refaire à l'envers le chemin de conquête de l'Armée Obscure… commença à expliquer Stellarius, mais il s'arrêta soudain en apercevant un éclair dans les yeux du chasseur.

Il le vit se tapir dans un saut de félin et crier :

— À terre !

Stellarius plongea de côté et tomba dans la neige.

Une nuée de Lymantrides s'envolèrent derrière lui, tourbillonnant dans les airs, prêtes à s'abattre sur eux.

Le chasseur tira du feu un tison ardent et l'agita en l'air. Dans une flamme pourpre, les phalènes retombèrent à terre, réduites à de petits squelettes noirâtres.

— On dirait que tu vas mieux, murmura le mage en époussetant la neige de ses habits. Il n'y a pas de raison que je m'attarde ici plus longtemps. J'ai fait ce que je devais et j'ai rendez-vous au Pic Glacé. Quelles sont tes intentions ? Tu me suis ou tu restes ici ?

Le chasseur restait immobile devant le mage, qu'il fixait de ses yeux sombres.

24
REFLETS MAGIQUES

Spica serra son arc entre ses doigts. Elle ne savait pas exactement comment, mais Ombrage avait pris le Chevalier par surprise. Brandissant Poison avec une aisance sidérante, il avait frappé l'ennemi à mort. La cuirasse noire béante s'était abattue à terre. Heureusement, la neige avait amorti le bruit de sa chute.

– Ça fait un Chevalier sans Cœur en moins, déclara Regulus.

Un léger bruit de pas les fit sursauter, et ils s'enveloppèrent de nouveau dans leurs manteaux.

Un Scélérat très maigre, portant un long tablier maculé de sang, sortit par la porte de la cuisine et appela :

– Gros-Nez ! Gros-Nez !

Puis il se gratta la nuque en poussant son chapeau sale vers l'avant et ronchonna :

– J'aimerais bien savoir où il est passé ! Ce garçon inutile et balourd ! Je parie qu'il s'est caché quelque part pour piquer un somme, au lieu de m'aider. Mais dès que je le trouve…

Et il disparut de nouveau par la porte sans cesser de grommeler.

Les Elfes regardèrent l'oie. Ombrage se tourna vers elle et, mal à l'aise, dit :

— Je sais que tu es dans une situation difficile, mais nous ne pouvons rien faire d'autre pour toi. Nous avons une mission à accomplir... La salle du Trône nous attend.

Pour toute réponse, l'oie tendit le cou et le saisit par une manche, en le tirant vers la porte de la cuisine.

Le jeune Elfe se laissa conduire vers le bâtiment.

À la suite de l'oie, ils traversèrent la cuisine en se dissimulant derrière les meubles. Ils portaient leurs manteaux sur les épaules, prêts à les utiliser si besoin, mais roulés de façon qu'ils ne gênent pas leur marche et ne s'accrochent pas en chemin. Ils pénétrèrent dans une pièce où se trouvaient trois fours à bois et de là, une fois passés sous un arc de pierre, ils s'engouffrèrent dans un corridor peu éclairé, exactement comme Sulfure l'avait décrit. Des niches y abritaient des statues de granit, représentant des Gnomes aux chapeaux en forme de pomme de pin qui tenaient des ciselets, des masses et des marteaux. Il s'agissait sans doute des Maîtres Fondateurs de Belleroche. Puis ils obliquèrent. Mais tandis qu'ils s'approchaient du salon principal, plusieurs voix venant du fond du couloir, devant eux, les firent sursauter.

Le cuisinier échangea quelques mots avec quelqu'un, puis ils virent sa silhouette osseuse se dandiner un instant à contre-jour avant de s'avancer dans leur direction.

Guidés par l'oie, les Elfes se dissimulèrent dans une petite pièce qui semblait être une vieille garde-robe à l'abandon.

– Crétins ignares ! grommela le cuisinier en passant devant la porte. Ils ne mangent pas, ils ne boivent pas, ils ne sont même pas vraiment vivants… et ils veulent m'apprendre à cuisiner.

Les jeunes reprirent leur souffle. Après avoir jeté un coup d'œil dans le corridor, ils s'enveloppèrent dans leurs manteaux et ressortirent de la garde-robe. Ils parcoururent rapidement et en silence la dernière partie du couloir. Puis Ombrage prit l'oie dans ses bras et la fit disparaître dans les plis de son manteau. Il s'avança dans le salon.

Le Chevalier sans Cœur était debout au pied de l'escalier. Ombrage fit quelques pas en avant, en se cachant derrière les hautes colonnes qui s'élevaient sur un côté de la pièce. Soudain, un Scélérat entra par la porte principale. L'air tourbillonna dans le salon et s'engouffra dans les couloirs obscurs, faisant virevolter le manteau d'Ombrage. Le Chevalier cilla.

– Où est le Grand Chef ? demanda la voix grailleuse du Scélérat.

– Dans ses appartements, répondit le Chevalier.

Ses yeux rouges scrutèrent l'espace vide.

– Quelles nouvelles apportes-tu, Loucheur ?

– L'Escadron Blanc que j'ai envoyé aujourd'hui à l'extérieur de la ville n'est pas encore revenu. Ces imbéciles de Gnomes s'imaginent qu'ils nous tiennent, mais ils ne savent pas que nous savons.

Ombrage sentit son estomac se tordre. Les Lymantrides, les phalènes *blanches*… C'étaient elles qui avaient informé les Scélérats de la révolte des Gnomes ! C'étaient elles, l'Escadron Blanc !

– Avez-vous des nouvelles des Elfes ? interrogea le Chevalier.

– Des Elfes ? Ici *?* Tu rêves ! On ne voit plus d'Elfes ici depuis des siècles… et même s'il en était venu, le froid les aurait tués. Jusqu'à présent nos Lymantrides n'en ont vu aucun. Sois tranquille, colosse sans corps ! Personne n'abîmera ta belle armure ! ricana Loucheur.

Ombrage s'attendait à une réplique cinglante, mais le Chevalier resta insensible aux moqueries. Le jeune homme décida de s'avancer vers l'escalier.

– Vous ne devriez pas sous-estimer ces Elfes… Mon capitaine a commis cette erreur, et il n'a pas vécu assez longtemps pour le raconter, commenta le Chevalier d'une voix lugubre.

Pendant qu'ils parlaient, les jeunes gens s'étaient faufilés jusqu'au bas de l'escalier. C'était un ouvrage vraiment imposant, qui s'appuyait sur de solides colonnes de blocs rocheux, superposés avec une maîtrise étonnante.

Profitant du fait que le Chevalier sans Cœur leur tournait le dos, ils montèrent les premières marches sur la pointe des pieds. L'un après l'autre, ils atteignirent le sommet de l'escalier.

À peine Regulus eut-il posé le pied à l'étage supérieur qu'il fut cogné par quelque chose en pleine poitrine. Le jeune Elfe se trouva tout à coup dans les bras d'un Scélérat. Celui-ci, désorienté par le choc d'un obstacle invisible, lâcha la lettre cachetée qu'il tenait à la main et se baissa immédiatement pour la ramasser. Regulus eut la présence d'esprit de le frapper du poing. Les seules paroles prononcées par les lèvres verdâtres du Scélérat furent :

– Uh... ? All... a... rme... euh...

Mais elles se perdirent dans le corridor sans que personne ne les entende.

– Mince !... Et maintenant ? s'inquiéta le jeune Étoilé.

Ombrage libéra l'oie qui commençait à s'agiter. Il la vit faire quelques pas et s'arrêter devant une porte sur la droite.

Les Elfes la rejoignirent. Robinia ouvrit la porte et les autres traînèrent à l'intérieur le corps du Scélérat assommé.

– Ça va ? demanda Spica à son frère, tout en refermant la porte avec précaution.

Regulus laissait pendre sa main avec une expression de douleur.

– Oui... Ce Scélérat a la tête dure, je me suis presque foulé le poignet !

– Tu as eu de la chance. S'il avait eu le temps de réagir, il aurait utilisé ses gants de fer, observa Ombrage qui se penchait sur le Scélérat pour les lui retirer.

Les mains crochues retombèrent sur le tapis et les Elfes les lui attachèrent dans le dos. Ombrage observa un moment les lourds gants de fer du Scélérat : le dos et la partie supérieure du poignet étaient composés de plaques métalliques superposées : quand on fermait le poing elles s'encastraient les unes dans les autres, devenaient rigides, et se transformaient en longues griffes effilées.

– Peut-être devrais-tu les mettre, suggéra Robinia.

– Non, je ne pourrais plus manœuvrer Poison, dit Ombrage. Mais toi, Regulus, enfile-les.

– Ils ne me plaisent pas du tout, objecta l'Elfe. Et je ne suis même pas sûr qu'ils m'aillent.

– Mais comme ça tu aurais une arme digne de ce nom. Tu ne peux pas continuer à te promener avec ta petite arbalète, observa Robinia.

– Mets-en au moins un, on ne sait jamais, intervint Spica.

Ombrage vit l'étoile briller au front de la jeune fille. Elle scintillait de bonheur, en dépit de leur situation périlleuse.

Puis son regard changea de direction… et il la vit.

La pièce où ils étaient entrés était une vieille chambre à coucher. L'ameublement était simple et très poussiéreux : une commode, un meuble avec un broc, un lit à baldaquin, une cheminée et une armoire. Une faible lumière filtrait de la fenêtre unique, et dans un coin de la pièce il y avait un miroir bordé d'un cadre en fer forgé.

Quand il regarda le miroir, Ombrage vit son propre reflet et... celui de *quelqu'un d'autre*.

Dans le miroir, on apercevait la silhouette d'une petite jeune femme qui ouvrait de grands yeux, stupéfaite par sa propre image. Elle portait une tunique grise, serrée à

la taille par une ceinture tressée. Sa tête était coiffée par un chapeau mou, de la même couleur que sa tunique. Les cheveux qui tombaient sur ses épaules étaient blancs, mais son visage montrait qu'elle ne devait pas avoir plus d'une vingtaine d'années.

Le jeune Elfe avait l'impression d'être devant un *fantôme*. Il fit un pas en arrière et heurta Spica, qui se retourna à son tour et vit l'étrange apparition dans le miroir. En moins de temps qu'il ne faut pour le dire, Regulus et Spica la remarquèrent aussi, ébahis.

La créature du miroir, s'apercevant qu'elle était observée, tourna son regard vers eux.

Et ce fut alors qu'Ombrage comprit. Et il comprit aussi la prophétie du livre de Juniperus.

– « *Qui est capable de discerner sa véritable identité, en grand malaise dans sa prison, de plumes et plumage à foison, parler et écouter pourra, et vers l'ailleurs guidé sera…* », récita-t-il à haute voix.

Une fois de plus, Stellarius avait eu raison : Ombrage avait saisi le sens de ces paroles juste au bon moment.

– Tu es… l'*Oie*.

L'animal le fixa d'un regard où se mêlaient l'étonnement, l'émotion et la tristesse.

– Qui es-tu *vraiment* ? demanda doucement Ombrage,

comme s'il craignait de rompre l'enchantement qui lui avait révélé la vraie nature de l'oie grise.

Le bec de l'animal s'ouvrit et, au lieu des caquètements qui en sortaient jusqu'alors, les jeunes gens entendirent une voix douce et gentille.

– Mon nom est Étincelle, commença-t-elle avec hésitation. Vous… vous comprenez ce que je dis ? Vous pouvez me voir comme j'étais avant ?

Ombrage s'agenouilla devant l'oie.

– Oui. Nous avons vu ton reflet dans le miroir et nous comprenons ce que tu dis, murmura-t-il.

– Mais qui es-tu vraiment ? répéta Spica.

Les yeux de l'oie s'emplirent de désespoir.

– Ce serait trop long à expliquer. Vous êtes sans doute les Elfes dont les Chevaliers sans Cœur ont parlé à l'Implacable. Pourquoi voulez-vous gagner la salle du Trône ?

– Nous devons trouver la pierre qui ouvre le Portail Oublié… et nous pensons qu'elle y est, répondit Spica.

Étincelle se tut un moment, puis elle dit :

– Vous voulez donc aller au royaume des Ogres…

– Si le portail y conduit, alors c'est là que nous irons.

– Mais cette route est maudite et ce royaume est perdu. Vous pourrez y tuer des Chevaliers sans Cœur, mais là-bas il n'y a plus personne à sauver.

– Nous *devons* passer par là, répondit Ombrage.

– Je vous dois la vie... soupira Étincelle. Je vous en supplie, acceptez mon aide ! Laissez-moi vous conduire à la salle du Trône de Pierre.

– Mais, selon Sulfure, deux Chevaliers sans Cœur en gardent l'entrée. Comment ferons-nous pour y pénétrer ?

– Il me suffira de tirer une flèche « bruyante », intervint Spica. Je la penserai *très* bruyante... ainsi les Chevaliers seront forcés d'aller voir ce qui se passe.

– Si tu peux décider comment sont tes flèches, pourquoi tu ne les penses pas de manière à ce qu'elles abattent les Chevaliers sans Cœur ? demanda l'oie.

– Les Chevaliers sont immunisés contre la magie de mon arc...

Ombrage sauta sur ses pieds.

– Allons-y maintenant. Il n'y a pas de temps à perdre.

QUATRIÈME PARTIE

·❧·

Vers le Portail
Oublié

25

DES BRUITS ET DES SERRURES

En prenant garde à ne pas faire de bruit, Ombrage s'avança jusqu'à la porte de la chambre et scruta le couloir désert. Il fit signe aux autres, dissimulés par les manteaux, de le suivre. Le son de leurs pas était amorti par les tapis, et rapidement leurs yeux s'accommodèrent à la pénombre du couloir faiblement éclairé par des lampes blafardes. Robinia avait pris l'oie dans ses bras. Au point où le couloir obliquait sur la droite, Ombrage se pencha pour jeter un œil au-delà de l'angle du mur : deux Chevaliers montaient la garde devant une grande porte encadrée par deux solides colonnes en pierre.

Ils avaient trouvé la salle du Trône.

Le cœur battant à tout rompre, Ombrage regarda autour de lui et serra les lèvres. Il recula de quelques pas et entra dans la pièce qui, d'après le plan, était la bibliothèque. Puis il revint vers ses compagnons.

– Alors ? demanda Regulus.

– Alors nous y sommes, répondit Ombrage. Comme l'avait dit Sulfure, deux Chevaliers font le guet devant la porte. Nous devons détourner leur attention. Donc nous entrerons dans la bibliothèque. De là, Spica tirera une flèche vers le fond du couloir, dans la direction de l'escalier.

– D'accord, mais si un seul des Chevaliers se déplace ? objecta la jeune fille.

– Il y a une deuxième porte dans la bibliothèque, qui donne sur l'autre couloir. Et… espérons que nous aurons de la chance, soupira Ombrage.

– Et nous ? demanda Robinia.

– La troisième porte de la bibliothèque s'ouvre presque en face de l'entrée de la salle du Trône. Nous sortirons par là. Toi, Regulus, tu devras crocheter la serrure le plus vite possible.

– C'est comme si c'était fait, acquiesça son ami.

Ombrage continua :

– Robinia et moi, nous vous ferons un signe dès que les gardes reviendront. C'est compris ? Nous devrons agir dans le plus grand silence. Si les Chevaliers donnent l'alarme, en une seconde, nous aurons tous les Scélérats de la maison sur le dos.

Tous acquiescèrent, le visage tendu.

Spica sortit une flèche de son carquois, puis, lentement, elle se posta dans le couloir. Elle était inquiète : jusqu'à présent, chaque fois qu'elle avait empoigné son arc, elle avait agi d'instinct et l'arme avait fait le reste, comme par elle-même. Une fois décochées, les flèches changeaient de matière, se transmuant durant le vol en argent, en plomb, ou même en substance soporifique, selon l'ennemi qu'elles visaient. Cette fois, Spica n'avait pas d'ennemi devant elle, mais juste un mur. Elle considéra la flèche avec appréhension en se demandant si la magie fonctionnerait.

– Tout va bien ? chuchota Ombrage.

– Non… avoua-t-elle.

Pour une raison qu'elle ignorait, dès qu'elle croisait le regard d'Ombrage, elle ne parvenait jamais à lui mentir. Néanmoins, elle essaya de reprendre courage.

– Je suis prête, soupira-t-elle.

– Je suis sûr que ça va marcher, lui dit-il pour la rassurer.

Spica acquiesça et fixa le mur au fond du couloir. Elle engagea la flèche et concentra ses pensées sur un grand fracas de vitres brisées.

Elle inspira, tendit l'arc. Tout à coup, comme si celui-ci avait décidé du meilleur moment, elle tira.

Le bruit de verre fracassé les fit tous sursauter. Spica fit un pas en arrière et manqua de tomber sur Ombrage. Il la tira à l'intérieur de la bibliothèque, à l'abri.

– Qu'est-ce que c'est ? s'exclama un des deux Chevaliers.

– Un de ces incapables aura renversé quelque chose, répondit l'autre.

– Je vais jeter un coup d'œil. Toi, reste ici.

Les jeunes gens entendirent le bruit métallique des pas du Chevalier s'éloigner dans le couloir.

Ombrage murmura :

– Vite, l'autre flèche maintenant.

La jeune fille se posta à la deuxième porte de la bibliothèque et tira une nouvelle flèche.

Aussitôt, un vacarme assourdissant de bois qui s'écroule

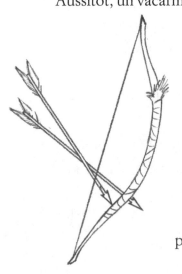

retentit dans l'autre partie du couloir.

Le second Chevalier se tourna brusquement et cria :

– Qui va là ?

Les jeunes gens l'écoutèrent, immobiles, se diriger vers l'extrémité du couloir.

Regulus courut vers la grande porte de la salle du Trône. La plaque de la serrure était un blason résolument macabre : une tête de mort traversée par deux poignards dentelés. Le symbole de l'Alliance Obscure, probablement. Regulus crut voir une auréole jaunâtre autour du blason, mais il n'avait pas le temps d'y réfléchir, et il s'affaira avec le crochet qu'il avait emprunté à Rutilus. Soudain, une secousse brutale traversa la serrure et se transmit à sa main. Il s'en fallut de peu qu'il ne hurle de stupeur.

– Pousse-toi, vite ! ordonna Étincelle, qui avait surgi derrière lui.

De son bec sortit le son ténu d'une parole obscure et imprononçable pour quiconque n'a pas de connaissances en magie. Une faible décharge irradia la serrure, puis s'éteignit.

– Qu'est-ce que... bredouilla Regulus.

– Elle était protégée. Comme toutes les serrures des Sorcières. Allez, maintenant ! À toi de jouer !

– Ils reviennent ! dirent Robinia et Spica en les rejoignant.

Regulus introduisit le crochet dans la serrure, sans provoquer de secousse. Ses mains se mirent en mouvement avec adresse, son oreille tendue guettait le déclic de la serrure, mais elle n'entendait que les pas des Chevaliers qui approchaient. La panique l'envahissait, quand soudain...

… la porte s'ouvrit !

Les jeunes Elfes et l'oie se glissèrent dans la salle. Ombrage les suivit en refermant la porte derrière lui. Derrière l'épais bois sculpté, ils entendirent les Chevaliers qui reprenaient leurs postes.

– Il n'y avait personne, dit l'un des deux.

– Où es-tu allé ?

– J'ai entendu un bruit étrange qui venait de l'autre couloir, mais il n'y avait rien.

– Bizarre…

– De toute façon, la porte est toujours fermée.

Puis, de nouveau, le silence tomba.

Ils avaient réussi. Ils étaient dans la salle du Trône de Pierre !

26

LE TRÔNE DE PIERRE

mbrage regarda autour de lui. La salle du Trône, en forme de trapèze, était ornée sur deux de ses côtés par cinq solides colonnes sculptées, entre lesquelles s'ouvraient de hautes fenêtres aux vitres colorées.

Un tapis rouge et or s'étendait de la porte jusqu'au Trône de Pierre. Le trône lui-même était taillé dans un bloc unique de malachite, décoré par des dessins et des symboles.

– Vite ! s'exclama Étincelle. Nous avons peu de temps !

Les jeunes gens se remirent de leur stupeur. Ils se baissèrent pour inspecter la base du trône à la recherche de la niche dissimulée.

Ombrage passa sa main sur la pierre. Sur la partie basse étaient représentées des scènes de la fondation de Belleroche ; au centre figurait le groupe des Gnomes Fondateurs de la ville, en compagnie de la Fée Neigeanne.

– Je ne vois pas de serrure, dit-il.

À ce moment, Spica indiqua un endroit où les bas-reliefs semblaient plus usés. Ombrage pressa dessus. Un bruit sourd résonna dans la pièce.

Le bloc sur lequel étaient sculptés Neigeanne et les Gnomes s'était détaché du socle, révélant une cavité. Exactement comme Galène l'avait dit.

– Incroyable ! s'exclama Robinia.

– C'est donc vrai, commenta Ombrage tout en

s'approchant de la profonde cavité pour regarder à l'intérieur.

Au fond de la cavité, sous un gros trousseau de clefs rouillées, reposait une pierre d'agate en forme de feuille dentelée. Il en émanait comme un appel, et le jeune homme sentit un frisson d'excitation quand il tendit la main pour la saisir. Oui, seules des Fées avaient pu créer un si bel objet. Pourtant, il était terni et souillé de taches rouges. Du sang ?

Ombrage n'avait pas plus tôt saisi la pierre qu'un rire aigre déchira le silence de la pièce.

Spica fit un bond en arrière et Robinia poussa un cri.

Entre les colonnes, des torches s'enflammèrent, projetant des reflets rouges sur les murs et le trône. Ombrage se releva et confia la pierre aux mains de Spica, se préparant à faire face.

Le rire atroce cessa. Les deux Chevaliers sans Cœur entrèrent dans la grande salle et prirent place de chaque côté de la porte. Ombrage sentit le désespoir l'envahir d'un coup.

– Alors comme ça, vous l'avez fait… dit une voix rauque et irritante, tandis qu'une mystérieuse silhouette sortait de l'ombre, révélant sa terrifiante apparence.

C'était le Scélérat le plus ignoble qu'ils aient rencontré

jusqu'à présent. Le chapeau rouge sang, le sinistre médaillon de cornaline, symbole du commandement, qui pendait à son cou parmi les longs colliers d'ossements, mais surtout les éclairs de perfidie qui jaillissaient de ses yeux sombres, enfoncés au-dessus de pommettes saillantes… L'Implacable en personne.

Il avança de quelques pas, la bouche déformée par un sourire rien moins que rassurant.

– J'avoue que je n'aurais jamais pensé que des Elfes arrivent jusqu'ici. Et que quelqu'un parvienne à tuer des Chevaliers sans Cœur. Mais on dirait que l'un de vous en est capable… Auriez-vous l'amabilité de me dire lequel ?

– Moi, dit Ombrage en s'avançant, le cœur pétri d'angoisse.

– Ah, très bien… mais quel genre d'Elfe es-tu donc ? D'après l'étoile sur ton front, je dirais un Étoilé, mais tes cheveux et tes yeux m'évoqueraient plutôt un Forestier. Quant à ton épée, elle me raconte une tout autre histoire… siffla l'Implacable.

Ombrage posa la main sur la garde de Poison.

– Et quelle compagnie hétéroclite ! continua le Scélérat. Des Elfes des royaumes les plus divers, et même... une oie ! ajouta-t-il en regardant Étincelle.

L'oie fit deux pas en arrière, les yeux pleins de terreur.

– Allons, jeunes gens, vous n'avez tout de même pas cru que je vous laisserais prendre ma pierre ?!

– Tu... savais ? gémit Spica.

Le manteau de l'Implacable ondoya et les jeunes Elfes s'aperçurent qu'il ne s'agissait pas d'un simple manteau, mais de milliers de phalènes blanches réunies. Vivantes !

– Des Lymantrides ! s'exclama Regulus, stupéfait.

Comme si elles l'avaient entendu, les phalènes s'envolèrent et se posèrent sur le vieux lustre qui pendait au plafond.

– Cela fait un bon moment que mes chères petites amies ont remarqué des mouvements étranges chez les Gnomes. Ces idiots, au lieu d'être fiers de travailler pour ma reine et pour le futur Règne Obscur, ont choisi la rébellion. Ils se sont lancés dans une lutte sans espoir, dans laquelle je contrôle chacun de leurs mouvements.

– Alors, tu... commença Robinia.

Craignant qu'elle ne révèle quelque chose que l'Implacable ignorait encore, Ombrage intervint :

– … tu étais au courant de notre présence ?

L'Implacable haussa les épaules.

– Je savais que quelqu'un tenterait de s'introduire ici, au cœur de mon palais, pour s'emparer de la seule pierre qui permette de fuir ce royaume, dit-il en levant son menton pointu. Pour être franc, je m'attendais plutôt à des Gnomes, et j'avais déjà décidé de noyer leur tentative grotesque dans un bain de sang. Mais quand mes amis les Chevaliers m'ont informé que quelqu'un était capable de les transpercer et de les tuer… l'affaire est subitement devenue beaucoup plus intéressante. Ce ne pouvait être qu'un des Chevaliers de la Reine des Fées… Comment s'appelaient-ils, déjà ? Chevaliers de la Rose, il me semble. Naturellement, comme leur royaume est déjà tombé sous l'emprise de la Reine Noire, je savais que c'était impossible. Et je me demande donc bien qui tu es, pour pouvoir manier une telle épée… dit-il en scrutant Ombrage de ses yeux méchants.

Puis il éclata d'un rire rauque et ajouta :

– Bref, en temps normal je t'aurais tué sur-le-champ, ou plutôt je t'aurais fait tuer…

– … mais tu as peur de son épée, persifla Spica.

L'Implacable ricana.

– Les conclusions les plus hâtives ne sont pas toujours les plus intelligentes, petite demoiselle.

Ombrage serra Poison, qui vibrait sur son flanc.

– Il me semble que tu ne sais pas grand-chose au sujet de ton épée. Tu es sans doute trop jeune.

– J'en sais largement assez ! rugit Ombrage.

– Oh, voyez-vous cela ! ricana le Scélérat. Ce que tu ne sais pas, c'est que j'en ai toujours désiré une. On dit que c'est une arme invincible, et s'il est vrai que tu as tué plus d'un Chevalier sans Cœur, alors cette épée ne peut pas demeurer en ta possession, mon jeune ami. Elle serait décidément bien mieux entre mes mains, ajouta-t-il avec morgue.

– Tu ne peux pas. Poison accepte uniquement de servir Ombrage, et si tu le tuais, sa lame se briserait avec lui ! cria Robinia, avant que Regulus ne puisse la retenir.

L'Implacable éclata de rire encore une fois.

– Oh, je le sais. C'est pour cela qu'il n'y a pas d'autres Épées du Destin en circulation : quand les guerriers qui les possédaient furent tués, leurs épées périrent avec eux… C'est navrant, vous ne trouvez pas ?

Puis il poursuivit :

– Le fait est que si j'arrive à te vaincre sans te tuer, je pourrai empoigner l'épée, car je l'aurai conquise grâce à ma valeur et elle se soumettra à moi ! Ne serait-ce pas… délicieux ? susurra le Scélérat, en enfonçant les pouces dans sa ceinture, à laquelle pendait une courte épée.

– Si j'étais toi je ne serais pas aussi sûr de vaincre, intervint Regulus.

– Oh, votre naïveté me surprend… Je me trompe, ou sommes-nous légèrement plus nombreux que vous ?

– Je pensais qu'au moins l'un de vous saurait compter, ironisa Spica. Nous sommes quatre…

– Cinq, rectifia Étincelle.

– … et vous seulement trois ! conclut Spica.

– Oh, ma pauvre petite, tu ne peux imaginer à quel point cela me désole de devoir te détromper… grimaça l'Implacable, tandis qu'un escadron entier de Scélérats armés jusqu'aux dents apparaissait dans la lumière rouge des torches.

L'Implacable déclara d'un ton faussement candide :

– Tout compte fait, la situation ne vous sourit guère… J'ai donc un accord à te proposer, Elfe. Remets-moi gentiment ton épée et je vous laisserai libres de poursuivre votre voyage.

Spica, terrorisée, se tourna vers Ombrage, qui serrait dans ses mains la garde de Poison.

– Pour me prendre mon épée, il faudra que tu me tues ! s'exclama le jeune homme.

Le Scélérat pencha la tête de côté en grimaçant.

– Alors l'affaire est entendue ! Ce sera un plaisir délicat de te transpercer, Elfe, et avec ta propre épée !

Puis il dégaina son arme et ordonna aux Lymantrides :

– Donnez le signal, mes chéries ! Cette sotte révolte n'a que trop duré… Que les troupes qui stationnent à l'extérieur entrent dans la ville et accomplissent leur devoir !

Les phalènes s'engouffrèrent dans le conduit de la cheminée éteinte : Belleroche fut voilée par un blanc manteau ondoyant.

– Et maintenant… à chacun son destin ! cria l'Implacable en se jetant sur Ombrage, ses petits yeux sombres pleins d'une fureur assassine.

Mais derrière les jeunes gens, un cri retentit.

27

EN FUITE

ersonne ne comprit le sens de ses paroles. Des ailes d'Étincelle s'échappa un halo magique qui s'étendit sur la pièce avec la puissance d'un tremblement de terre. Il y eut un immense fracas, le Trône de Pierre s'inclina et une longue faille s'ouvrit dans le sol.

Les Scélérats regardaient tout autour, stupéfaits, les Chevaliers vacillaient, s'appuyant sur leurs longs sabres pour tenir debout. Un vent terrible balaya la salle du Trône et, soudain, de longs filaments rouge et or surgirent du sol et se ruèrent sur les Scélérats. Ce fut comme si le tapis était devenu vivant. Beaucoup de Scélérats furent enveloppés dans un enchevêtrement inextricable de fils solides comme du métal, qui se resserraient de plus en plus sur eux ; d'autres tombèrent à terre, bataillant désespérément pour se délivrer.

Spica tira des flèches sur ceux qui étaient encore libres, tandis que Robinia et Regulus faisaient de même, avec arc et arbalète, visant soigneusement chaque cible.

La bataille explosa autour d'eux comme un torrent de feu. L'Implacable, qui était immunisé contre la magie d'Étincelle, se rua sur Ombrage, brandissant sa courte épée. Le jeune homme dégaina Poison juste à temps pour parer le coup ; il crut une fraction de seconde qu'il n'y parviendrait pas.

L'Implacable ricana en tournant autour de lui.

– Tes bras sont forts, Elfe, mais tu manques de rapidité et de précision… Tu mérites une leçon, frivole créature ; avant de te tuer, je veux que tu mesures à quel point tu es un incapable.

– Essaie ! rugit Ombrage.

Mais il fut subitement pris de vertiges… Il vit son ennemi se dupliquer, deux… trois… quatre… cinq Implacables, tous identiques les uns aux autres !

La voix sortait en même temps des cinq bouches, dansant une ronde autour de lui :

– Tu as peur, hein ?

Ombrage secoua la tête, terrorisé. Comment vaincre des fantômes ? Poison voltigea, fendit l'air et traversa… une ombre.

Les Implacables éclatèrent de rire et, d'un mouvement foudroyant, l'une des silhouettes passa derrière et lui enfonça son épée dans le flanc. Ombrage se retourna et la frappa au bras, mais il était blessé et, pendant que l'Implacable reculait, l'Elfe tomba à genoux.

– Non ! cria Spica.

À ce moment elle fut frappée au visage et projetée en arrière, entre deux colonnes.

– Ce sera finalement trop facile de te ravir ton épée, ricanèrent les cinq Implacables autour d'Ombrage. Mais avant de te tuer, je veux que tu saches que tes amis te suivront bientôt, dans les plus atroces souffrances, et ce sera uniquement ta faute !

Ombrage se releva, tentant de surmonter la terreur et la douleur. Il sentait la blessure, dont le sang giclait par à-coups, imprégner l'étoffe de son habit. Il fit de nouveau tournoyer Poison, et toucha quelque chose, mais seulement légèrement.

Il se tourna dans cette direction et, haletant, les dents serrées, il dit :

– Tu veux me tuer ?

Il essayait désespérément d'identifier le véritable Implacable parmi les fantômes.

– Alors fais-le, au lieu de me tourner autour !

Les yeux de l'Implacable étincelaient d'une joie haineuse. Soudain, Ombrage remarqua quelque chose : parmi les médaillons de cornaline qui pendaient sur les poitrines des cinq silhouettes, d'*un seul* émanait une lueur. Les quatre autres paraissaient opaques.

Il comprit que c'était l'objet qui permettait à son ennemi de se multiplier.

Dans un cri désespéré et féroce, il s'élança sur ce qu'il pensait être le véritable Implacable, et envoya la pointe de Poison contre sa tunique. Au lieu de se perdre dans le vide, comme cela s'était produit avant, la lame rencontra une surface dure et compacte. Il la perça et… enfonça.

Le visage du Scélérat s'inclina. Il contemplait l'épée et la blessure, incrédule.

Ce fut comme si le temps s'était arrêté autour d'eux. Tandis que l'Implacable s'écroulait, Ombrage crut voir dans ses yeux, l'espace d'un instant, la terreur de la mort.

Tout à coup, un sourire malin et terrifiant crispa ses lèvres vertes, découvrant des dents pointues et jaunâtres.

– Je meurs, Elfe maudit, mais toi aussi… toi aussi tu vas mourir ! Très vite ! Avant de parvenir au Portail…

Le ton de l'Implacable provoqua en lui une vague de dégoût. Ombrage arracha l'épée du corps de sa victime et, de sa main gauche, il tâta sa blessure.

– Ombrage ! appela Regulus d'une voix désespérée.

Le jeune homme se tourna et remarqua un Chevalier sans Cœur qui s'approchait de Spica, encore à terre.

La jeune fille tira une flèche qui rebondit contre la cuirasse noire. Dans un cri de fureur, Ombrage fonça sur le colosse et, rassemblant toutes ses forces, il enfonça l'épée dans son armure. Le Chevalier vacilla puis la cuirasse tomba à terre sans bruit.

Ombrage tendit la main à Spica pour l'aider à se relever. Puis il demanda :

– Tu as encore la pierre ?

Elle acquiesça, encore étourdie.

– Alors vite, fuyez ! Étincelle, conduis-les hors d'ici ! cria le jeune homme, en essayant de recouvrer ses forces.

– Et toi ? dit Regulus en saisissant le bras de sa sœur.

– Je vous suis… Allez ! Allez !

Spica, Robinia, Regulus, Étincelle et Ombrage atteignirent la porte.

Ombrage se limita à couvrir leur fuite. Sa blessure au flanc le brûlait comme si on lui avait enfoncé une lame incandescente.

Le second Chevalier sans Cœur s'était lancé à leur poursuite : il donnait des coups d'épée à tour de bras ; il pourfendait les Scélérats prisonniers des tentacules du tapis qui le gênaient dans sa progression, et piétinait les morts comme s'il s'était agi de fourmis.

Une fois sortis de la salle du Trône, les jeunes Elfes se figèrent.

– Oh non, il en vient d'autres ! gémit Robinia en montrant l'escalier.

Étincelle passa en tête du groupe et prit le couloir qui partait sur la gauche.

– Par ici, vite !

Elle se glissa dans une pièce, suivie par les Elfes.

Ombrage se fit aider pour placer un coffre en bois et une table devant la porte, puis s'appuya contre le mur, épuisé.

– Qu'est-ce qui t'arrive ? lui demanda Robinia en voyant son visage pâle, couvert de perles de sueur.

– Ce n'est rien, dit-il rapidement.

– Qu'est-ce qu'ils t'ont fait ? ajouta Spica en ouvrant de grands yeux.

Ombrage dut faire un des plus violents efforts de sa vie pour sourire, évitant ainsi de répondre à Spica. Il s'approcha de la fenêtre en boitant légèrement, tandis que leurs ennemis cognaient de plus en plus fort sur la porte en bois.

– La fenêtre ! Il faut casser la vitre ! dit-il.

Regulus saisit une chaise et la projeta à travers la fenêtre en la pulvérisant.

– C'est trop haut ! cria Robinia, désespérée, après avoir jeté un coup d'œil par l'embrasure.

– Le sapin ! Laissez-vous glisser sur le petit toit juste au-dessous et servez-vous du sapin blanc pour descendre ! Vite ! les exhorta Ombrage.

Cette idée n'enthousiasmait personne, mais ils n'avaient pas le temps de chercher une autre solution.

Soudain, un coup plus fort ouvrit une brèche dans la porte.

– Allez-y ! Nous vous couvrons ! cria Regulus en armant son arbalète.

Étincelle fut la première à sauter, et la seule à pouvoir s'aider de ses grandes ailes grises.

La porte trembla. À présent la brèche était assez large pour laisser pénétrer quelques Scélérats.

Spica sauta, talonnée par Robinia. L'arbalète de Regulus siffla et toucha ; plusieurs Scélérats s'effondrèrent, tandis qu'Ombrage s'occupait de ceux qui avaient réussi à passer.

Dès que Spica toucha terre, elle leva les yeux vers la fenêtre et entendit Ombrage crier à Regulus :

– Va-t'en ! Tu ne peux rien contre lui !

Elle sut alors que le Chevalier sans Cœur était entré dans la pièce, et elle sentit l'angoisse serrer sa poitrine.

Son frère glissa sur le petit toit, sauta sur une branche du sapin blanc et descendit rapidement le long de l'arbre.

– Vite ! À la trappe ! cria Regulus.

– Mais Ombrage… gémit Spica.

– Il arrive, n'aie pas peur. Allons-y maintenant !

L'expression que la jeune fille lut sur le visage de son frère la convainquit d'obéir sans discuter, et elle se laissa glisser par la trappe. Ainsi, le groupe plongea dans l'obscurité et se dirigea vers la sortie.

Ombrage savait qu'il ne pourrait résister longtemps. La tête lui tournait et il lui semblait que tout s'enflammait sous ses yeux. Le Chevalier avança d'un pas. Il parla, mais Ombrage n'entendit pas ce qu'il disait. Une seule pensée l'habitait : Regulus venait de descendre, il devait le suivre.

D'un bond, il atteignit le rebord de la fenêtre. Il essaya de sauter sur l'arbre, mais quelque chose lui fit perdre l'équilibre et il glissa…

28
À LA CITADELLE
DE LA CISELURE

S tellarius fouilla dans sa mémoire. Cela faisait de nombreuses années qu'il n'était pas venu à la Citadelle de la Ciselure, la forteresse qui abritait les ateliers des artisans et les anciennes forges de Belleroche. À présent, les Maîtres étaient contraints de s'y rendre tous les jours, se relayant pour effectuer leur temps de travail harassant à la fabrication des armures noires. Ce qu'il vit lui fit froid dans le dos.

Mordicante s'arrêta et émit un léger grognement. Le chasseur s'impatienta :

– Que se passe-t-il ? Pourquoi nous arrêtons-nous ?

– Tu n'avais jamais vu la Citadelle ?

– Bien sûr que non, comment aurais-je pu… ?

– Eh bien moi, si. Et je t'assure que c'est une souffrance de la voir dans cet état.

De gros tas de déchets de roches étaient amassés contre les murs extérieurs et partout il y avait des traces de destructions.

– Est-ce que tes amis n'auraient pas dû l'avoir déjà reconquise ? demanda le chasseur.

Le mage acquiesça.

– Alors, comment se fait-il que j'aperçoive un Scélérat ?

Stellarius plissa le front et regarda dans la direction indiquée par le chasseur.

Le sentier qu'ils avaient parcouru pour descendre de la montagne les avait conduits à la vieille Route de la Forge, à un endroit où un éboulement obstruait en partie le passage.

– Ce n'est pas un Scélérat, dit finalement le mage.

– Comment le sais-tu ? demanda le chasseur.

– D'une part, parce qu'il est seul, maladroit et nerveux. D'autre part, parce que Mordicante l'aurait flairé. Et enfin parce que le plan prévoyait que la Citadelle, une fois conquise, devrait donner l'illusion d'être encore aux mains de l'ennemi.

– Eh bien, si ça ne te dérange pas, j'attendrai ici que tu t'en assures. Je sais bien que tu as toujours raison, mais...

– Oh que non, ricana Stellarius. Les mages aussi peuvent se tromper, comme tout le monde. Sauf que les conséquences de leurs erreurs sont en général beaucoup plus graves…

Le chasseur s'installa derrière un rocher, tandis que Stellarius s'engageait sur le chemin.

– Qui va là ? cria le Scélérat encapuchonné qui surveillait la porte.

Mordicante s'ébroua, leva la tête et Stellarius répondit :

– Un esprit libre en quête de liberté.

– Longue vie au royaume des Gnomes de Forge ! exulta la sentinelle.

La silhouette qui avait toutes les apparences d'un Scélérat retira sa capuche : Orthose, reconnaissant le nouveau venu, s'avança.

– Mage ! Enfin ! Nous commencions à nous inquiéter pour toi !

– Je vois que vous avez repris la Citadelle… dit Stellarius en descendant de selle.

Orthose frappa à la porte de bois et immédiatement on entendit le bruit d'une manivelle.

– Oui, ça n'a pas été si difficile finalement, mais… Ah ! cria-t-il, surpris par un mouvement derrière le mage.

Le chasseur les avait rejoints.

– Oh, ne crains rien, c'est un ami. Je l'ai trouvé alors que j'étais en visite chez les Trolls… non loin de la source Ferrugineuse.

– Les Trolls ? Par tous les cailloux ! Ne me dis pas que tu les as affrontés ? Tu as réussi à libérer les sources ?

– Bien sûr, confirma le mage avec un soupir de fatigue.

– Et lui, qu'est-ce qu'il faisait là-haut ?

– Mon cher Orthose, je te présente un Elfe de grande valeur et de haute lignée, un guerrier respecté de tous. C'est lui qui a détruit la garnison de Scélérats au Vieux Pas et qui a terrorisé vos ennemis.

– Les ennemis des Scélérats sont mes amis ! déclara joyeusement Orthose en tendant la main au chasseur. Resteras-tu pour nous aider ?

– Oui, répliqua ce dernier.

– Alors, sois le bienvenu ! Voici tout ce qui subsiste de la Citadelle de la Ciselure. Venez, nous allons vous servir quelque chose de chaud et vous nous raconterez ce qui s'est passé chez les Trolls.

– Je préférerais que tu me racontes ce qui s'est passé ici, mon ami.

– Tout se déroule bien, du moins pour l'instant. Nous avons remis en marche nos anciens pièges, et nos escadrons sont en train de détruire ceux de l'Implacable dans toute la ville. Les nôtres agissent avec discrétion et doigté : aucune alarme ne s'est encore déclenchée et pour l'instant nous sommes tranquilles. Nous abattons les condors qui apportent l'espérium extrait des mines. Mais venez, vous avez besoin de repos, tous les deux ! Et aussi d'une bonne armure à endosser par-dessus vos tuniques.

Réconfortés, Stellarius et le chasseur suivirent Orthose à l'intérieur de la Citadelle.

Brusquement, un cri retentit sur les murailles, et tous les regards se tournèrent vers le ciel. Un tourbillon blanchâtre s'éleva de Belleroche et envahit le ciel, telle une mer déchaînée. Les nuées bouillonnèrent, et des clameurs montèrent de la ville.

Les Lymantrides commençaient leur chasse.

– Nous allons devoir renoncer à nous reposer, messieurs ! observa le chasseur.

Mordicante gronda rageusement vers le ciel et s'aplatit à terre.

29

FLAMMES ET BOIS

mbrage glissa et tomba dans le vide. Il ferma les yeux, résigné, mais soudain il sentit des bras le soutenir et le déposer doucement à terre.

Encore étourdi, le jeune homme ouvrit les yeux pour savoir qui l'avait sauvé, mais ne vit rien d'autre que le gigantesque sapin au-dessus de lui.

– *Allez, cours, rejoins tes amis…* dit une voix qui venait de nulle part. *Il te reste peu de temps ! Et n'oublie pas : suis ton étoile !*

– Mais quel genre de saut as-tu exécuté ? s'exclama Regulus, qui accourait.

La voix inconnue s'était évaporée et Ombrage pensa qu'il l'avait rêvée.

– Je… je ne sais pas. La tête me tourne, murmura-t-il, tandis que son ami passait son bras autour de sa taille pour l'aider à se relever.

Regulus sentit un liquide lui mouiller la main, et fixa pendant un moment le sang qui rougissait son bras. Puis il découvrit le visage extrêmement pâle d'Ombrage, ses lèvres violacées, ses cheveux collés sur son front, et enfin il comprit.

– Vite, plus tôt nous sortirons d'ici, mieux ce sera, dit-il rapidement.

Ombrage le suivit par la trappe. Il se laissa conduire le long du tunnel comme un enfant, tachant le sol de pierre de traces de sang.

– Est-ce que tu tiendras jusqu'à la porte de la ville ? lui demanda Regulus.

– Il le faut, répondit Ombrage en essayant de sourire.

– Oui, il le faut, sinon ma sœur va m'étrangler avant que j'aie le temps de dire un mot, grommela Regulus.

Puis il l'aida à sortir à l'extérieur de la trappe.

En ville, la bataille faisait rage. Partout on entendait les clameurs, le bruit des armes et les sifflements des frondes.

Des colonnes de fumée noire s'élevaient des tours de Belleroche en flammes. La brume épaisse qui recouvrait la cité quelques heures plus tôt avait été balayée par le vent, mais la suie et la fumée rendaient l'air irrespirable. Des corps de Scélérats et de Gnomes jonchaient les rues.

Les jeunes Elfes remontèrent en courant la rue du Sel-Gemme, se dissimulant dans les angles les plus sombres. Ils profitaient de la confusion des combats pour passer inaperçus. Ils débouchèrent enfin sur la rue de la Forge, où Regulus saisit un Scélérat par surprise et le frappa grâce au gant qu'il avait pris dans la maison du Vieux Maître.

– Tu es blessé ! Fais-moi voir... dit Spica en serrant le bras d'Ombrage avec un regard plein d'appréhension.

– Il est blessé, oui, confirma Regulus.

– La lame de l'Implacable était ensorcelée, non ? murmura Étincelle en fixant Ombrage de ses yeux profonds.

Le souffle court, Ombrage essayait de dissiper les brumes de son esprit.

– Je crois que oui. Il voulait s'emparer de mon épée en me laissant en vie... murmura-t-il.

Étincelle acquiesça dans un soupir.

– Il t'aurait tué dès que tu aurais été trop faible pour l'en empêcher...

– Tu ne peux rien faire, toi ? demanda Regulus.

– Je connais peu de magie... et mon savoir est inutile si j'ignore quel sortilège je dois rompre, répondit tristement l'oie.

– Alors nous avons besoin de Stellarius, dit Regulus d'un ton décidé.

Et après avoir scruté la route jusqu'à la porte de la cité, il ordonna :

– Allons-y, la voie est libre.

Les jeunes gens se glissèrent rapidement dans la dernière partie de la rue et arrivèrent devant la porte principale de Belleroche. Ils la franchirent en toute hâte. Dans les rues et les maisons, la bataille se déchaînait.

– Par ici ! Par ici ! clama soudain une voix qu'ils connaissaient bien.

C'était Diamantis qui courait à leur rencontre… suivi de près par un groupe de Scélérats. Spica leva son arc. Diamantis la dépassa. Elle tira une, deux flèches…

Mais quand elle entendit le cri de Robinia, il était trop tard.

Les Lymantrides fondirent du ciel et enveloppèrent Spica comme une tornade ; leurs petites ailes vibraient autour de la jeune fille, qu'elles soulevèrent de terre. Les flèches de Robinia et Regulus sifflèrent, sans résultat.

La jeune fille ne savait plus où étaient le haut et le bas. Elle luttait pour se libérer, mais la marée de phalènes la serrait de plus en plus, l'empêchant de respirer.

Ombrage cria, et, tout à coup, derrière lui, résonna le grognement sourd d'une hermine.

Dans une secousse foudroyante, le tourbillon de phalènes s'éleva plus haut, mais une langue de feu verdâtre fusa dans les airs. Les phalènes crépitèrent, frémirent comme du papier froissé, puis rougirent et se consumèrent.

Spica retomba sur les pierres de la route dans un hurlement.

Regulus la rejoignit en courant, tandis que Soufretin les observait non loin de là.

– Spica… Spica ! cria Regulus en s'agenouillant près d'elle.

La jeune fille reconnut la voix de son frère et lui sauta au cou en le serrant dans une étreinte éperdue.

– Tout va bien maintenant, murmura Regulus.

Ombrage eut l'impression de recommencer à respirer à ce moment, et il se souvint d'avoir entendu le grognement de l'hermine derrière lui. Il se retourna. Ce n'était pas Mordicante : elle avait une cicatrice rose sur son museau pointu et des yeux plus petits.

Sur la selle, Galène, inquiète, scrutait le ciel :

– Vite, il faut partir !

– Par tous les cailloux… je ne pensais pas que vous arriveriez avant que les légions de Scélérats ne parviennent à la porte ! dit rapidement Diamantis.

– Les légions ? bredouilla Robinia d'une voix étranglée.

Soufretin sauta sur elle et lui lécha la figure avec sa langue rugueuse qui sentait le brûlé.

Le Gnome acquiesça et serra les mâchoires.

– Ils nous ont préparé une belle surprise… au moins trois légions cachées à l'extérieur de la ville. Et dont nous ne savions rien !

– Qu'est-ce qui s'est passé ? D'où venait cette flamme ? demanda Spica en serrant le bras de Regulus.

– C'est Soufretin, murmura Ombrage, dont les jambes commençaient à trembler.

– Il semble être l'ennemi naturel des phalènes, dit Galène avec un sourire.

– Alors comme ça, tu es un héros ? murmura Robinia à son fidèle ami en le caressant doucement.

– Qui aurait pensé que ce Dragon avait tant de ressources ! commenta Regulus. Mais nous devons nous mettre en route, maintenant ! Nous avons besoin de Stellarius !

Le bruit d'une explosion leur signifia que la bataille se rapprochait.

– Il est déjà au Pic Glacé ? demanda Spica d'une voix anxieuse.

– Je ne sais pas, reconnut Diamantis.

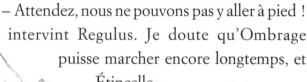

– Attendez, nous ne pouvons pas y aller à pied ! intervint Regulus. Je doute qu'Ombrage puisse marcher encore longtemps, et Étincelle…

– Étincelle ? s'étonna Diamantis en tournant son regard vers l'oie.

– Nous n'avons pas le temps de faire les présentations, coupa Spica. Je m'occupe d'elle.

Et elle la prit dans ses bras.

– Nous avons d'autres hermines là derrière… Allez, en route ! les exhorta Diamantis. Il a été touché par un poison ? demanda-t-il en montrant Ombrage.

– D'après Étincelle, la lame de l'Implacable était ensorcelée, mais nous ignorons par quel sortilège ! gémit Regulus.

– Par tous les cailloux ! Il a affronté l'Implacable ? s'exclama Diamantis, incrédule.

– Et il l'a tué, précisa Spica.

Le Gnome retint une exclamation de stupeur.

– S'il s'agit vraiment de sorcellerie, alors le mage est notre seul espoir ! Et si nous ne nous dépêchons pas, nous risquons d'atteindre le Pic trop tard.

– Mais la ville… qu'est-ce qui est arrivé ? l'interrogea Robinia.

– Nous avons été forcés de renoncer à notre plan. Belleroche n'est plus une priorité… plus en ce moment.

– Oh… laissa échapper Regulus.

– Avez-vous un plan de rechange ? intervint Ombrage.

Les autres hermines les rejoignirent, et ils se répartirent par deux pour monter en selle. Diamantis monta avec Galène et prit Soufretin avec lui. Regulus monta avec Ombrage. Spica et Robinia s'occupèrent d'Étincelle.

– Mais bien sûr, jeune homme, répondit le Gnome. Nous sommes les Gnomes de Forge. Nous avons toujours un plan de rechange ! Penses-tu pouvoir tenir en selle ? demanda-t-il à Ombrage.

Ce dernier serra les dents et acquiesça.

Les jeunes Elfes échangèrent des regards lourds d'inquiétude et partirent. Ils chevauchèrent en file indienne à travers les montagnes blanches et scintillantes, tandis que le soir tombait impitoyablement. Telle une couronne flamboyante, Belleroche disparaissait entre les creux des montagnes, pour réapparaître plus loin, au-delà d'une crête. Il recommença à neiger, mais doucement cette fois, et le froid se fit moins piquant.

De temps en temps, une langue de feu verte, lancée par Soufretin, fusait vers le ciel et, dans un jaillissement d'étincelles, une nuée de Lymantrides s'évanouissait.

Regulus soutenait Ombrage, assis sur la selle devant lui. Il était inquiet pour son ami. Sa blessure au flanc ne saignait plus, ce qui n'était pas forcément bon signe : les blessures ensorcelées pouvaient être bien pires que les autres. Regulus ne pouvait imaginer ce qui arriverait si Ombrage venait à mourir. En vérité, il n'osait même pas envisager cette éventualité.

Il donna un léger coup de talon à leur hermine, qui grogna puis dépassa rapidement la monture de Spica et Robinia pour rejoindre les Gnomes.

– Quand arriverons-nous ? demanda Regulus.

Diamantis se retourna et, en voyant le visage d'Ombrage, il comprit pourquoi Regulus posait cette question.

– Dans une heure environ, dit-il d'un ton grave.

– Ça va aller, ne vous en faites pas pour moi, protesta Ombrage en essayant de se tenir droit sur la selle.

Soufretin gronda et jappa, comme pour signifier son désaccord.

– Tout va bien ? demanda Robinia derrière eux.

– Oui. Plus qu'une heure de voyage, répéta Regulus en tentant de dissimuler son anxiété.

Mais, quand il croisa le regard de sa sœur, il s'aperçut qu'elle agissait de même. Une étrange lumière émanait des yeux profonds d'Ombrage.

Une lumière qui leur faisait peur.

– Garde tes forces, mon frère, parce que je n'ai aucune intention de te laisser mourir comme ça ! lui murmura-t-il à l'oreille.

Ombrage plissa le front, essayant de respirer plus régulièrement. Mais il se sentait terriblement faible : sans Regulus devant lui, il serait tombé de la selle. Chaque respiration semblait élargir sa blessure et lui retirer de la force.

Il entendit Regulus dire quelque chose, Spica et Robinia chuchoter derrière lui, mais tout lui semblait si lointain que, même en faisant un effort pour distinguer les mots, cela s'évanouissait dans un murmure.

Le jeune Elfe leva les yeux.

Le ciel était strié de rouge et de noir, de faibles reflets d'incendie provenant de la ville en flammes éclairaient la route. Il ferma les yeux, et quand il les rouvrit il vit une autre lumière, une lumière plus belle, pleine de chaleur de vie. C'était une petite étoile entourée d'un halo doré. Elle était si merveilleuse qu'il leva la main pour l'effleurer, sans réussir à l'atteindre. Il poussa une faible plainte et se souvint de la voix qu'il avait entendue au pied du sapin de Neigeanne : « Suis ton étoile. » Au souvenir de ces paroles à peine murmurées, il tomba en avant, aspiré par un tourbillon obscur.

– Non ! Qu'est-ce qui lui arrive ? gémit Spica. Halte, Regulus !

Son frère s'arrêta immédiatement, soutenant de ses bras le corps pesant d'Ombrage qui semblait presque sans vie.

– Nous ne pouvons pas faire une pause maintenant !

– Il n'en peut plus ! Tu ne le vois pas ? hurla-t-elle sans se soucier du risque qu'un ennemi l'entende.

– Justement ! Nous devons atteindre le Pic Glacé le plus vite possible ! Il a perdu trop de sang, il lui faut de l'aide ! répliqua Regulus.

– Regardons Poison pour savoir comment elle va, suggéra Robinia.

Regulus sortit l'épée du fourreau : la lame était opaque, elle avait perdu les reflets verts dus au poison.

Un silence stupéfait tomba sur les voyageurs. Le cœur de l'Épée du Destin n'était plus en métal : il était en train de se changer en bois !

– Ne bougez pas ! leur ordonna tout à coup Diamantis. Ses yeux filèrent le long du sentier sombre derrière eux, et un grognement étouffé les avertit que quelque chose ou quelqu'un approchait.

Spica saisissait son arc, quand une forme imprécise apparut au-delà des rochers. Soudain la jeune fille comprit et elle lança un cri désespéré :

– Stellarius !

Spica avait appris à reconnaître son long bâton de mage, tendu en avant pour éclairer la route et pour dissimuler en même temps sa présence. Seul celui qui savait quoi regarder, et surtout *comment* regarder, pouvait le repérer, malgré les protections qu'il créait.

Et elle avait appris cela.

Elle courut à sa rencontre, sans plus penser à la neige ni à la fatigue.

– Vite ! Ombrage va très mal ! Fais quelque chose… je t'en prie !

– Qu'est-ce qui s'est passé ? demanda le mage en se rendant visible.

– Peut-être que toi, tu as un remède approprié ! renchérirent Regulus et Robinia. Il a été blessé par une lame ensorcelée…

D'un bond, Stellarius descendit de sa monture. Le visage caché par sa capuche, il fila, rapide comme un faucon. Il s'approcha du jeune homme qui était étendu sur le sentier et lui toucha le front. Ce qu'il voyait ne lui plaisait pas du tout.

Spica sentit une présence derrière elle, et se rendit compte que Stellarius n'était pas seul. Elle sursauta et s'écarta.

C'était un Elfe grand, aux larges épaules recouvertes d'un manteau. À sa vue, Soufretin grogna et se réfugia dans les bras de Robinia. L'inconnu demeura quelques instants en arrière. Sous sa capuche, il observait Ombrage, et paraissait épouvanté par son état. Finalement il rejoignit le mage.

– Le maléfice du Sang de Bois, murmura Stellarius.

Puis il jeta un coup d'œil sur Étincelle, et son front se plissa.

– Le *maléfice du Sang de Bois*, qu'est-ce que c'est ? demanda Regulus, le cœur battant.

Il regardait son ami qui gisait sans connaissance et réalisa qu'autour de la blessure la peau semblait… différente. La plaie elle-même était tel un feu liquide qui brûlait lentement et transformait la chair en *bois*.

– Le maléfice devait laisser Ombrage vivant, mais incapable de faire un mouvement. Ainsi, l'Implacable aurait pu s'emparer de son épée, comprit Spica.

Elle sentit une vague de rage et d'impuissance l'envahir.

– Peux-tu faire quelque chose ? demanda-t-elle au mage d'une voix blanche.

– Lui non, mais moi oui, intervint l'inconnu.

Il sortit de sa besace une petite fiole de cristal, la déboucha avec ses dents, appuya sa grande main sur les yeux d'Ombrage et murmura :

– Je suis désolé… ça va te faire très mal, mais c'est le seul moyen de te faire revenir parmi nous.

Puis, sans hésiter, il versa le contenu de la fiole sur la blessure.

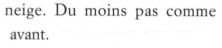

Ombrage ne sentait plus la douleur à son flanc. Il ne sentait même plus le froid quand ils l'étendirent sur la neige. Du moins pas comme avant.

Les battements de son cœur étaient faibles, espacés, presque imperceptibles.

Il entendait des murmures et des voix. Au-delà de ses paupières, il voyait des faisceaux de lumières, puis il éprouva une étrange sensation de chaleur sur les yeux. Il essaya de bouger, mais il n'était plus maître de son corps.

Une voix familière murmura :

– ... ça va te faire très mal, mais c'est le seul moyen de te faire revenir parmi nous.

Il se souvint qu'il avait déjà entendu cette voix, il se souvint des yeux à qui elle appartenait... Il vit le visage maigre du chasseur. Et puis, soudain, ce fut comme si la lame de l'Implacable le transperçait de nouveau. Tout s'évanouit dans une tornade de douleur. Des éclairs aveuglants scintillèrent, puis une lumière blanche et brillante l'enveloppa. Il eut l'impression d'être englouti par le soleil, puis rejeté dans la neige et la glace.

Son cri s'évanouit dans la nuit, absorbé par l'obscurité. L'étoile de son front brillait comme un feu ardent.

30

L'OIE, LE MAGE ET LE CHASSEUR

mbrage ne réalisait pas vraiment ce qui s'était passé. Pendant quelques instants, il ne reconnut même pas les voix autour de lui. Puis, à travers ses paupières entrouvertes, il aperçut le beau visage de Spica, ses yeux apeurés, et l'entendit murmurer :

– Comment vas-tu ?

Il remua les lèvres, mais aucun son ne sortit de sa bouche. Il battit des paupières et réussit enfin à chuchoter :

– Où sommes-nous ? Qu'est-ce qui s'est passé ?

– Nous sommes au Pic Glacé. Et tu as été très mal, à cause de ta blessure, bredouilla la jeune fille en souriant de soulagement.

– En vérité, intervint Regulus, tu étais sur le point de te transformer en un morceau de bois.

– Un… morceau de bois ? répéta-t-il, ébahi.

– Le maléfice du Sang de Bois, dit Étincelle.

Ombrage tâta sa blessure et frissonna.

– Sans cet étrange bonhomme, nous n'aurions pas su quoi faire, ajouta Robinia.

Ombrage plissa le front, essayant de se souvenir.

– Le chasseur ? demanda-t-il enfin, en se rappelant la voix qui avait percé les ténèbres qui l'assaillaient.

– Alors tu n'avais pas perdu connaissance ! observa Regulus. Tu sais, quand nous avons vu que ton épée était en train de devenir du bois, nous avons eu vraiment peur...

Ombrage regarda autour de lui. Il était dans une tente, étendu sur une couche en peau, et un petit feu brûlait dans le foyer.

– Comment se fait-il que le chasseur soit ici ? Et Stellarius, est-il arrivé ?

– Pour le chasseur, comment veux-tu que je le sache ? Et pour Stellarius, oui, il est arrivé. Le chasseur était avec lui, répondit Regulus.

– Ces deux-là ont l'air de se connaître depuis fort longtemps, commenta Robinia. Mais il ne plaît toujours pas à Soufretin, ajouta-t-elle.

Le Dragon à plumes s'ébroua et se gratta derrière l'oreille de sa patte griffue.

– Ça n'a rien d'étonnant : quand nous avons rencontré le chasseur, au royaume des Forêts, il voulait enfermer Soufretin dans une cage, observa Regulus.

– Quoi qu'il en soit, Stellarius semble lui faire confiance. En ce moment ils discutent avec les Gnomes. Des nouvelles de la ville viennent d'arriver, et ils sont en train de se préparer au combat, dit Spica.

Ombrage tenta de s'asseoir, mais la tête lui tournait.

– Eh ! Qu'est-ce que tu essaies de faire ? le gronda la jeune fille.

– De me lever. Je vais bien et ils vont avoir besoin de notre aide, protesta l'Elfe en parvenant tant bien que mal à se mettre assis.

– Tu es trop faible, intervint Étincelle.

– Elle a raison, jeune homme ! grommela la voix de Stellarius, qui se penchait pour entrer dans la tente.

La lueur de la flamme éclaira un sourire sur son visage.

– Tu en as déjà assez fait.

– Mais…

– Il n'y a pas de « mais ». À présent, c'est à nous d'aider les Gnomes !

– Bien dit, approuva Robinia. C'est à nous de nous en occuper.

– Par toutes les étoiles filantes ! Le *nous* ne s'appliquait certainement pas à toi, jeune fille ! objecta le mage.

– Mais… protesta Spica.

– Et pas non plus à vous autres.

Le silence tomba sur la tente comme le marteau sur l'enclume. Le mage fixa les jeunes gens dans les yeux, l'un après l'autre.

– Les Gnomes ont dû revoir leurs plans en vitesse. Ils pensaient avoir moins de Scélérats à combattre, c'est vrai, mais l'essentiel demeure inchangé. Ils vont les attirer ici, sur la Plaine Grise, où ils feront sonner les Cornes d'Avalanche : la neige se détachera des pics et submergera les Scélérats pris en embuscade… Les Cornes ont toujours été la dernière défense de la ville de Belleroche. Ce seront les montagnes elles-mêmes qui nous apporteront l'aide nécessaire.

– Oh.

– Je resterai ici avec le chasseur pour soutenir les Gnomes. Mais votre mission est trop importante pour être retardée. Vous devez vous mettre en route dès que possible pour le Portail Oublié. À présent, vous avez la pierre pour l'activer. Ensuite, vous devrez trouver le moyen de parvenir au royaume des Sorcières et de détruire le sceptre.

– Nous t'attendrons après le Portail, dit Spica.

– Non, ce ne serait pas prudent. Vous devrez continuer, et surtout fermer le Portail derrière vous, afin que personne ne puisse plus jamais l'utiliser. Scellez-le ! Si nous avons de la chance, nous nous reverrons avant que vous ne passiez le Portail. Sinon, n'ayez crainte, je trouverai le moyen de vous rejoindre plus tard.

Les jeunes Elfes étaient déconcertés par l'assurance du mage. Ombrage n'osa pas discuter, bien que le sombre pressentiment qu'il avait éprouvé dès le premier instant de cette aventure s'intensifiât dans sa poitrine.

— As-tu réussi à savoir dans quel royaume conduit le Portail ? demanda-t-il.

— Hum, je n'en suis pas certain, mais quelque chose me dit que ce pourrait être l'ancien royaume des Nains, qui a été rebaptisé royaume des Ogres.

Et il lança un coup d'œil à l'oie sans ajouter un mot.

Blottie près du feu, elle fixa Stellarius un long moment, puis baissa les yeux comme pour réfléchir, et dit enfin :

— Eh bien, le moment est venu de vous raconter mon histoire. Je suis... ou plutôt, j'appartenais au peuple des Nains. Mais maintenant je ne sais plus qui je suis...

— J'ai remarqué que vous comprenez ce que dit cette oie... intervint Stellarius à l'intention des jeunes gens.

Ombrage acquiesça :

— Oui, depuis que nous avons vu sa vraie silhouette reflétée dans un miroir... Je pense que c'est à elle que faisait référence la prophétie de Juniperus.

Le mage se tourna vers Étincelle.

– Comment es-tu arrivée ici ? Pourquoi as-tu pris cette apparence ? Nous avons un peu de temps pour en parler, et tout ce que tu sais sur le royaume des Ogres pourra nous aider.

– J'ai peu de choses à raconter. C'était le royaume de mes parents. Il a été conquis par les Sorcières et envahi par des hordes d'Ogres. Il y a eu la fuite précipitée, puis la capture. Mon père a été tué, ma mère fut réduite en esclavage et, dès son arrivée au royaume des Sorcières, elle mourut en me mettant au monde. L'invasion s'était faite par plusieurs passages d'eau et de boue… appelés les Miroirs des Hordes, continua-t-elle en s'efforçant de cacher la tristesse que lui inspiraient ces souvenirs.

– C'est donc cela ! Il existe un passage direct entre le royaume des Ogres et le royaume de la Reine Noire ! s'exclama Stellarius.

– Oui. Au moins trois. Et c'est en traversant l'un d'eux que je me suis enfuie.

– Et où as-tu appris la magie ? intervint Ombrage.

Étincelle pencha la tête.

– Je l'ai apprise pour survivre. J'étais servante au palais de la Reine Noire : c'est là que j'ai grandi. La magie était mon seul espoir de fuir ce royaume de cauchemar, murmura-t-elle rageusement. Personne ne peut franchir les frontières sans l'autorisation de la Reine Noire, sous peine de mort ! Ainsi, j'ai appris tout ce que je pouvais, fouillant à la dérobée dans les livres et les notes des Sorcières de la cour, étudiant leurs potions, volant çà et là les ingrédients et…

– Et tu as réussi à t'enfuir, conclut Ombrage.

– Oui, j'ai rejoint le royaume des Ogres. Mais pas dans mon vrai corps. Le sortilège qui interdit de quitter le royaume des Sorcières ne m'a pas tuée, mais m'a transformée en oie. J'espérais que cela n'aurait pas d'importance, parce que je pensais pouvoir sauver mon peuple, mais quand j'ai vu ce qui était advenu à la terre de mes ancêtres, j'ai compris qu'il n'y avait plus d'espoir.

J'ai essayé de m'enfuir. J'ai été capturée par les Ogres, et il s'en est fallu de peu que je ne finisse sur la table d'un banquet… Pourtant, je ne me suis pas résignée, je me suis à nouveau échappée et j'ai trouvé le Portail ! Je me suis cachée dans une caisse de marchandises destinée au royaume des Gnomes de Forge… mais vous ne pouvez pas imaginer mon désespoir quand j'ai découvert que les armées des Sorcières avaient aussi conquis ce royaume. Et que personne ne comprenait ce que je disais ! Pour eux, je *caquetais*…

Une larme de rage lui tomba sur le bec.

Soufretin émit un gargouillis.

– Ce qui m'a poussée à poursuivre ma quête, ce sont les visions… Avant de vous rencontrer, je vous avais vus, dans mon esprit et dans mon cœur. Je savais qu'il existait un héros qui vaincrait nos ennemis.

Étincelle tourna alors son regard vers Ombrage.

– Ainsi, quand je t'ai vu tuer un Chevalier sans Cœur, Ombrage, j'ai compris que ce héros était devant moi ! Et l'espoir est revenu dans mon cœur.

Ombrage ouvrit la bouche, commença à balbutier, mais Stellarius l'interrompit et, suivant le fil de sa pensée, il dit à l'oie :

– Si tu étais au palais de la Reine Noire, tu as dû voir le sceptre.

– J'ai vu la Reine brandir une étrange baguette, si c'est de cela dont tu parles, répondit-elle. Une baguette surmontée d'une sphère de métal qui diffusait une faible lueur glaciale... La Reine a ôté la vie à beaucoup d'entre nous, avec cette baguette.

Le mage hocha la tête et ajouta :

– Donc tu connais le Royaume Obscur.

– Je le connais assez pour vouloir m'en éloigner le plus possible !

– Si tu veux vraiment libérer les royaumes perdus, tu peux faire quelque chose, Étincelle. Tu peux nous aider ! Toi, plus que n'importe qui d'autre ! s'enflamma Ombrage.

Étincelle le fixa de ses grands yeux, qui exprimaient une infinie surprise.

– Conduis-nous au royaume des Sorcières ! continua Ombrage. Nous aurons besoin de quelqu'un qui connaît le territoire. Reviens dans le monde que tu as fui, aide-nous à détruire le sceptre de la Reine Noire.

La terreur éclatait dans les yeux d'Étincelle.

– Oh, non… vous ne pouvez pas me demander ça ! gémit-elle.

– C'est le seul espoir de libérer les royaumes perdus… commença Spica.

À ce moment, des pas légers se firent entendre, et un visage se montra à l'entrée de la tente. Soufretin grogna et Robinia dut le retenir.

– Mage ! appela le chasseur d'une voix grave. Les sentinelles ont repéré les premiers mouvements de troupe. Si nous voulons agir, nous devons faire vite !

Ses yeux sombres glissèrent sur Ombrage et le fixèrent un moment, puis il disparut.

Stellarius se tourna vers le jeune Elfe et d'un air soucieux il dit :

– Nous n'avons plus beaucoup de temps. Tu penses que ça va aller, mon garçon ? Je sais que tu es faible mais…

– Ça va aller, acquiesça-t-il.

– Et toi ? Iras-tu avec eux ? demanda le mage à Étincelle.

– Oui, je pourrai être utile là-bas.

– Bien. Vous devrez continuer à pied sur la Route Obscure jusqu'au Portail Oublié. Vous avez la pierre, vous n'avez besoin de rien d'autre.

– Et toi ? demanda Spica au mage. Toi et le chasseur, qu'est-ce que vous allez faire ?

– Nous irons aux mines. Nous devons libérer les Gnomes qui y sont prisonniers, avant que ne résonnent les Cornes d'Avalanche, que la neige ne dévale les pentes et ne recouvre tout. Partez, maintenant.

L'Elfe se leva et chercha son épée du regard : à côté d'elle il y avait un autre objet.

– Et ça, qu'est-ce que c'est ? demanda-t-il.

– Une cotte de maille en fer… comme celle du chasseur, observa Spica en s'approchant.

– Pas *comme*. C'est celle du chasseur, indiqua Stellarius. Mets-la, Ombrage, et prends-en soin : on n'en trouve plus beaucoup de cette sorte ! Elle te protégera mieux que n'importe quelle cuirasse.

Les Elfes regardèrent le mage sortir de la tente et échangèrent un coup d'œil.

– Ben, ça alors… grommela Regulus.

Spica tendit la main pour toucher la cotte. Elle était bleue, d'un bleu intense et chatoyant. Par endroits, elle était cabossée et abîmée, mais elle avait visiblement été réalisée avec un grand savoir-faire.

– Pourquoi ce type t'a-t-il donné cette cotte ? demanda Robinia.

– Je ne sais pas, répondit Ombrage.
Mais puisque Stellarius est d'accord, je
suis d'accord.

Puis il s'approcha, la souleva et se
prépara à l'endosser.

Elle était plus légère qu'il ne le
pensait. Même si elle était un peu trop
large pour lui, Ombrage se sentit mieux
protégé et plus fort.

Il passa Poison à sa ceinture et soupira.

31

D'AUTRES SÉPARATIONS

près un petit déjeuner rapide, Ombrage sortit de la tente, plongé dans ses pensées. Il aurait dû avoir peur, et au contraire, d'une certaine manière il se sentait plus fort.

Le soleil allait se lever : la journée s'annonçait longue et périlleuse. Le ciel gris commençait à s'éclaircir ; les Lymantrides semblaient avoir cessé leurs attaques.

Aussitôt qu'il distingua la silhouette du chasseur, Ombrage se dirigea vers lui.

– Je dois te remercier… déclara-t-il en s'approchant derrière lui.

Le chasseur ne se retourna même pas.

– J'espère seulement que la Potion des Fées n'a pas été utilisée en vain. C'était mon dernier flacon, se borna-t-il à dire.

Ombrage en demeura interdit.

– Tu n'étais pas obligé de me sauver la vie, ni de me donner cette cotte de maille en fer.

– Je sais. Mais j'ai appris que tu t'es distingué avec cette épée, et le mage m'a raconté que tu étais destiné à accomplir de grandes choses…

Ombrage baissa la tête.

– Je ne crois pas que combattre et tuer soient de « grandes choses », murmura-t-il, tourmenté.

Le regard du chasseur se posa fugitivement sur le jeune homme.

– Combattre et tuer, non. Protéger et défendre, oui.

Ombrage le fixa, cherchant à deviner ce qui se cachait derrière ces mots : dans les profondeurs de ces yeux tristes mais fiers, des souvenirs de luttes, de souffrances, d'espérances semblaient se bousculer…

– Pourquoi m'as-tu aidé ? Parce que tu connais Stellarius ? demanda-t-il enfin.

– Je connais cette épée, répondit le chasseur en montrant Poison. Je savais que seul le fils de celui qui la brandissait autrefois pourrait l'empoigner…

– Toi… qui es-tu ? Tu connaissais mon père ? balbutia Ombrage, stupéfait.

Le chasseur détourna le regard.

– Je l'ai connu quand nous étions jeunes. Nous avons grandi ensemble sur l'île des Chevaliers, là où depuis des siècles étaient formés les Chevaliers de la Rose. Quand l'île fut anéantie par la Reine Noire, nous avons dû fuir. Lui parvint à trouver un autre foyer au royaume des Forêts. Il eut un fils, sang de son sang. Je pense que je me suis senti le devoir de t'aider en souvenir de tout cela. Tu lui ressembles beaucoup. Seuls tes cheveux et la couleur de tes yeux sont de ta mère. Et puis, *tu* possèdes son épée à présent. C'est la dernière Épée du Destin. Avec elle, tu as hérité de la responsabilité qui en découle.

– L'île des Chevaliers, as-tu dit ? Je n'en ai jamais entendu parler… Mais qu'est-ce qui est arrivé ? Qui était mon père ? Et pourquoi avait-il une Épée du Destin… et toi non ?

– La mienne a été perdue il y a longtemps. Durant toutes ces années, j'ai essayé d'aider les Forestiers, mais à présent j'ai un compte à régler avec les Sorcières, qui ont exterminé mon peuple et tué tant de créatures innocentes… C'est pour cela que, moi aussi, je suis là.

Le chasseur ricana amèrement.

– Autrefois, ton père et moi étions des Chevaliers de la Rose. Nous chevauchions des Dragons et, avec l'appui des Fées, nous veillions sur les peuples pacifiques du royaume de la Fantaisie. Mais nous avons échoué. Nous n'avons pas réussi à protéger ces mondes contre la malfaisance des Sorcières… et aujourd'hui tout est en train de mourir.

– Nous devons partir ! intervint Diamantis en s'approchant d'eux.

Le chasseur acquiesça, puis se tourna vers Ombrage et lui posa une main sur l'épaule, en le fixant comme s'il voyait en lui.

– Ne révèle jamais ton vrai nom à la Reine Noire. Si elle l'apprenait, elle comprendrait qui tu es. Elle ne doit pas savoir qu'il existe encore des Chevaliers pour défendre les Fées… Garde le secret le plus longtemps possible ! Cela pourra te sauver la vie. Maintenant, va-t'en.

Il fit volte-face et sauta sur la croupe d'une hermine.

Diamantis tendit la main à Ombrage.

– Le moment est venu de nous séparer. Bonne chance, mon ami ! le salua-t-il.

– À vous aussi, répondit Ombrage.

– Qu'est-ce qu'il t'a dit ? demanda Regulus en rejoignant son ami.

– Il m'a dit qu'il connaissait mon père, murmura-t-il.

– Oh… et tu le crois ?

Ombrage haussa les épaules. Puis il vit Stellarius monter en selle sur Mordicante. Il rejoignit rapidement Diamantis et le chasseur. Le mage se retourna, et recommanda d'une voix soucieuse :

– Ne vous attardez pas sur la Route Obscure : il s'y est produit beaucoup d'incidents mystérieux.

– Comment ferons-nous pour y parvenir, sans guide ? observa l'oie. Aucun de nous ne connaît le chemin qui traverse les montagnes.

– La boussole de Floridiana, la Reine des Fées, nous indiquera la direction à suivre, dit Spica.

Ombrage soupira.

– De quel genre d'incidents s'agit-il ?

– On murmure qu'il s'y trouve quelque chose de maléfique, dont même les alliés des Sorcières ont peur… raconta le chasseur en s'approchant.

Les jeunes gens le fixèrent, effrayés.

– Il vaudrait mieux partir, mage.

– Oui, allons-y, répondit Stellarius.

Puis il ajouta à l'intention des jeunes Elfes :

– Soyez prudent. Et surtout, que le dernier qui franchira le Portail le referme derrière lui. Pour toujours.

Il leva la main en signe de salut.

– Nous nous reverrons, n'ayez crainte. Bonne chance !

Ombrage le salua tandis qu'il s'éloignait. Il n'avait même pas demandé au chasseur comment il s'appelait. Il se retourna, pensif, et quand il croisa les regards de Spica et de Robinia, il leur ordonna :

– Allons-y, nous aussi !

Après un dernier regard à la Plaine Grise, ils se mirent en marche.

32

LA ROUTE OBSCURE

râce à la boussole magique, les jeunes gens trouvèrent facilement le chemin vers le Portail Oublié. Ils pénétrèrent dans cette région que les Gnomes appelaient les Monts de l'Espérance, à cause de leur couleur d'un vert intense.

Au bout de quelques heures, ils atteignirent un point où la route était bloquée. Autrefois, le sentier qui menait au Portail Oublié était large et commode, mais à présent un éboulis obstruait le passage. Seule une brèche, en partie couverte par la neige, s'ouvrait dans la roche. Même les Scélérats n'avaient jamais osé passer par là. Ombrage jeta un coup d'œil par l'ouverture et se tourna vers les autres.

Ils paraissaient aussi effrayés que lui. Personne ne disait mot. Seul Soufretin osa renâcler pour exprimer sa désapprobation – Robinia essaya de le rassurer en caressant le plumage de sa tête.

Le vent poussait les nuages sombres contre les montagnes et, en s'engouffrant dans la fissure, faisait résonner une plainte déchirante, comme si la roche était vivante.

– Par toutes les étoiles ! s'exclama Regulus, qui sentait son poil se hérisser.

Soufretin répondit au ululement du vent par un sifflement plaintif.

– Tout ça ne me plaît pas du tout, dit Robinia en frissonnant.

Ombrage s'approcha de la brèche, qui ressemblait à une bouche prête à le dévorer. Étincelle le rejoignit en flairant l'air.

– Perçois-tu la présence de quelque sorcellerie ? lui demanda l'Elfe.

L'oie secoua la tête et répondit d'une voix inquiète :

– Non… seulement de la pierre et de la glace.

– Alors, allons-y, décréta le jeune Elfe. Il n'y a pas de temps à perdre.

Il appuya sa main sur les pierres irrégulières qui bordaient l'étroit passage comme autant de crocs menaçants, et y pénétra, en chassant une fois de plus le sombre pressentiment qui s'agitait au fond de son cœur.

Les jeunes gens cheminèrent entre les parois imposantes qui se dressaient autour d'eux. En haut, le ciel semblait très lointain. De temps en temps, le sifflement du vent les rattrapait et les faisait frissonner.

Étincelle avançait par sauts, en s'aidant de ses ailes quand le sentier montait, mais parfois elle s'arrêtait et regardait en arrière, comme si le doute l'assaillait.

Ombrage marchait en silence derrière elle, son visage exprimait la fatigue et l'inquiétude.

Spica était effrayée et en même temps fascinée par le spectacle de ce chemin taillé dans la pierre. Les parois rocheuses, au début irrégulières et piquantes, devenaient lisses et striées de vert et de noir ; puis les lignes commencèrent à se courber dans des formes si étranges que, parfois, on y entrevoyait des silhouettes et des visages.

– Regarde, qu'est-ce que ça peut être ? murmura-t-elle à son frère, qui la suivait.

– Je ne sais pas, dit Regulus, mais elles ont quelque chose d'inquiétant.

– C'est comme s'il y avait quelque chose… *emprisonné* là-dedans, murmura Robinia.

– Mais non, ce sont les veines de la roche, tout simplement.

– Regardez ! interrompit Ombrage.

Les jeunes gens levèrent les yeux : devant eux le chemin s'élargissait soudain en un labyrinthe peuplé d'étranges sculptures de pierre.

– Par toutes les étoiles ! gémit Regulus.

– Qu'est-ce que c'est que cet endroit ? demanda Spica.

– Je n'en ai pas la moindre idée. Mais si ce sont vraiment des sculptures, franchement ça ne m'intéresse pas du tout d'en connaître l'auteur, ironisa Robinia en regardant autour d'elle avec une expression où la stupéfaction le disputait à l'effroi.

– Dites-moi plutôt, coupa Regulus, est-ce que vous voyez le Portail ?

– Pas encore, répondit Ombrage.

Étincelle baissa le bec d'un air circonspect.

– Ce sentier ne me plaît pas du tout.

Ombrage acquiesça.

– Alors nous sommes deux. Mais nous devons passer par là. Venez, dit-il après avoir consulté la boussole.

Le cœur battant toujours plus fort, les jeunes gens avancèrent sur un sentier qui serpentait au milieu de curieux blocs de pierre.

– Halte ! intima tout à coup Ombrage, sur un ton qui paralysa ses compagnons.

Un souffle d'air glacé traversa le sentier, suivi d'un craquement. Quelque chose bougea.

– Qu'est-ce que c'était ? demanda Spica d'une voix tremblante.

– Quelque chose a dû tomber, supposa Regulus.

Mais la vibration de la garde de Poison dans la main d'Ombrage l'avertit d'un danger. Spica le vit se raidir et elle avala sa salive.

– Tu vois quelque chose ? murmura-t-elle en serrant les doigts autour de son arc.

Ombrage étudiait la roche comme s'il s'attendait à voir apparaître un ennemi.

– Plus vite nous partirons d'ici, mieux ce sera, chuchota-t-il d'une voix rauque.

Étincelle, Robinia, Regulus et enfin Spica passèrent devant lui, tandis qu'il sondait des yeux les sombres parois.

« Même s'ils sont impressionnants, pensa-t-il, ce ne sont que des rochers. Bizarrement empilés et encore plus étrangement érodés, certes… mais non. Ce n'est rien que de la roche. »

À peine eut-il formulé cette pensée qu'il perçut un mouvement aux limites de son champ de vision.

– Attention !

Il eut juste le temps de tirer Spica en arrière : une mince lame de roche effleura l'oreille droite de Regulus, en lui égratignant la mâchoire ; elle se planta dans la paroi, à l'endroit exact où se tenait la jeune fille un instant plus tôt.

– Ah ! cria Robinia, bondissant en arrière, tandis qu'une autre lame de roche transperçait son manteau, l'immobilisant contre la paroi.

– Qu'est-ce que c'est ? s'exclama Regulus.

– Les roches ! montra soudain Spica.

33

LES PIERRAILLEUX

Les roches ! Les roches sont... vivantes !
s'exclama Spica.

— Sa voix étranglée résonna comme une alarme,
immédiatement couverte par le cri de Robinia.

— Vite ! Partons d'ici ! ordonna Ombrage.

Une pluie de lames de pierre déchirait l'air et perçait
la paroi sombre derrière Robinia, y clouant son manteau.
Elle luttait pour se détacher.

Regulus se plaça devant elle afin de faire bouclier de
son corps. Un éclat de pierre se planta dans sa besace, un
autre le blessa à l'épaule, lui arrachant un gémissement.

— Pousse-toi de là !

Il essaya de dégager Robinia, mais son manteau semblait
pétrifié. Les lames plantées dans la paroi donnaient
naissance à de longs filaments qui se serraient autour de
l'étoffe, la cousant littéralement à la roche.

— Enlève-le ! lui enjoint Regulus.

Mais les doigts de Robinia tremblaient tellement qu'elle

ne pouvait déboutonner son manteau. En toute hâte son frère tenta de le couper à l'aide de son gant de Scélérat. L'étoffe ne se déchira qu'à moitié, et plusieurs griffes de métal se brisèrent contre la pierre.

Derrière eux, Ombrage serra les dents. Tout à coup, il voyait clair : les roches prenaient la forme de mains et de bras prêts à frapper.

Maintenant il *les* voyait.

Ils étaient partout, ils étaient la montagne elle-même... Et ils se préparaient à les attaquer. D'un geste désespéré, le jeune Elfe poussa Regulus et abattit Poison sur la paroi rocheuse à l'endroit où le manteau tenait encore. Dans un bruit sec, l'étoffe céda et la jeune fille bondit vers les autres, juste avant qu'une pluie de lames ne s'abatte sur la paroi.

Ombrage roula en arrière et s'abrita, hors d'haleine, derrière un éperon rocheux noir. Il attendit que la pluie de projectiles cesse, et se prépara à courir. D'autres lames de roche, beaucoup plus nombreuses, fendirent l'air. Ombrage plongea derrière un groupe d'amas de pierre, en roulant jusqu'aux pieds de Regulus. Puis, il se releva aussitôt et demanda :

– Tout va bien ?

– Ça pourrait aller mieux, grommela Regulus, qui retirait l'éclat de roche acéré de son épaule.

Il jeta le gant de Scélérat désormais hors d'usage. Le gant fut immédiatement englouti par la roche et transformé en un amas de pierres, semblable à ceux qu'ils avaient vus le long du sentier.

– Allons-nous-en ! ordonna Ombrage en faisant signe à ses amis de le suivre. Je crois que ces êtres sont capables de se déplacer à l'intérieur de la roche.

– Les Pierrailleux ! s'exclama Étincelle. Ce sont sûrement eux... J'ai entendu une fois les Scélérats en parler. Maintenant je comprends pourquoi ils en avaient une peur bleue.

Ils progressèrent le plus rapidement possible dans un dédale de sentiers. Autour d'eux, les roches résonnaient de craquements et de grincements sinistres.

D'autres bras, d'autres visages aux mines sauvages, d'autres mains puissantes surgissaient des parois nues, tandis que les jeunes gens passaient devant en courant à perdre haleine. Haletants, ils atteignirent un point où le sentier descendait fortement ; ils se laissèrent glisser, avec une sensation de vertige effroyable, orientés par l'aiguille de la boussole magique. Ils s'enfonçaient dans le cœur des montagnes.

– Sommes-nous sûrs d'être sur la bonne route ? demanda Étincelle, tandis que Regulus se relevait.

Soufretin, écrasé sous son dos, surgit alors en protestant.

Spica répondit à Étincelle :

– Tu doutes de Floridiana ?

– Je doute de cette boussole ! Voyez où elle nous a conduits !

– C'est notre seul guide ! protesta Spica, en aidant Ombrage à se relever.

Ce dernier toussa, et d'un signe mit fin à la discussion :

– Ça suffit. Nous avons la boussole et nous la suivons.

– Ici au moins, on dirait qu'il n'y a pas de Pierrailleux, observa Regulus.

– Ils pourraient bien être à nos trousses, murmura Étincelle.

Ils étaient arrivés devant une haute paroi, dans laquelle s'ouvrait un passage encore plus étroit que celui qu'ils venaient de parcourir. Le jeune Elfe croisa les regards dubitatifs de ses compagnons et avala sa salive.

– Courage, allons-y ! dit-il.

Et, avec détermination, il entra dans le passage, ignorant la peur qui lui tordait l'estomac. Au bout de l'étranglement, une lumière intense éclairait des marches de pierre brute.

Péniblement, Ombrage les descendit. Il déboucha

sur une esplanade entourée de rochers aussi hauts que des tours de garde. Au centre, deux colonnes de pierre soutenaient une porte, elle aussi en pierre, qui brillait sous la lumière pâle du ciel gris.

– Nous y sommes ! Voici le Portail Oublié, murmura Ombrage.

– Enfin ! s'exclama Spica, soulagée par cette vision.

Mais à ce moment il y eut un craquement dans la roche, comme si les montagnes étaient en train de se fendre pour s'abattre sur eux. La terre trembla.

– En arrière ! cria Ombrage, qui brandit son épée en se plaçant devant ses compagnons.

Un second craquement les terrifia. Du sol émergea soudain un énorme personnage de roche.

Puis un autre. Et encore un autre.

Les jeunes gens médusés fixèrent les silhouettes massives et menaçantes qui se dressaient devant eux, leurs longs bras puissants qui semblaient capables de détruire n'importe quoi d'un seul geste.

– Allez au Portail ! Spica, tu as la pierre pour l'ouvrir ! Je couvre vos arrières ! cria Ombrage, en se ruant sur les Pierrailleux.

Il avait à peine prononcé ces paroles qu'une autre silhouette émergea du sol devant Regulus. Elle avança sur lui et le renversa avec la puissance d'une avalanche ; le jeune homme tomba à terre comme un sac. Ombrage accourut pour le défendre et asséna un coup au Pierrailleux. Celui-ci se retourna et fonça sur Ombrage en hurlant. Le jeune Elfe esquiva un coup, puis un autre, tandis que Spica se précipitait pour secourir son frère.

– Vite ! l'exhorta-t-elle en l'aidant à se relever.

Regulus se traîna vers le Portail, pendant qu'Ombrage frappait un Pierrailleux avec Poison. Des étincelles verdâtres apparurent dans l'air et, dans un craquement

assourdissant, la créature tomba en arrière, se fracassant en mille morceaux. Reprenant son courage, Ombrage bondit de côté et transperça un second Pierrailleux, mais déjà un autre approchait. Le jeune homme fit deux pas en arrière, et, en un instant, de nouveaux Pierrailleux sortirent du sol. Il était encerclé. Alors qu'il se demandait comment s'en sortir, il vit ceux qu'il avait abattus reprendre leur forme de géants de pierre et se relever avec une agilité surprenante, comme s'ils n'avaient même pas été égratignés.

Désespéré, il serra les dents. Il était pris au piège.

Pendant ce temps, Robinia essayait fébrilement d'encastrer la pierre dans la grande fente, au milieu du Portail.

Spica hurla :

– Allez ! Ouvre ce Portail !

Puis elle se retourna, empoigna une flèche et tendit son arc.

Un seul des Pierrailleux les avait suivis, les autres encerclaient Ombrage. Tentant de surmonter sa peur, la jeune fille tira une flèche sur l'ennemi qui allait l'écraser, puis une autre et une autre encore en direction d'Ombrage.

Dès que les flèches se détachaient de la corde, elles se transformaient en un amas visqueux de résine sombre. Spica ne savait même pas à quoi elle avait pensé en les décochant. Elle s'était juste concentrée sur l'idée de contrecarrer l'attaque.

Tout de suite.

Les flèches volèrent et touchèrent instantanément leurs cibles.

La résine se répandit sur les pierres, les collant ensemble et les rendant incapables de se mouvoir.

Étincelle leva ses ailes et prononça une formule magique qu'elle avait apprise quelques années plus tôt. Des toiles d'araignée noires et poisseuses se tendirent sur les créatures.

Ombrage en profita pour enfoncer Poison dans un des amas de roches et plongea hors du cercle qui l'enfermait. Mais soudain un Pierrailleux le saisit par la cheville et le fit tomber par terre.

Le jeune Elfe entendit ses amis crier. D'instinct il manœuvra Poison et le Pierrailleux lâcha prise. Mais avant qu'il ne réussisse à s'éloigner, une large main de pierre se déploya et saisit la lame de Poison dans sa poignée de granit.

Soufretin bondit au secours de son ami, tentant de mordre la créature, mais il fut frappé et retomba à terre en roulant jusqu'aux pieds de Spica.

– Va-t'en ! cria la jeune fille à Ombrage, tandis qu'une

de ses flèches, la dernière de son carquois, sifflait et touchait l'ennemi, lui arrachant une plainte furieuse.

Ombrage ne pouvait pas abandonner Poison à ce monstre de pierre. Il donna une brusque secousse pour libérer l'épée et réussit à défaire l'étreinte mortelle, brisant la grande main en miettes. Mais il ne parvint pas à éviter l'attaque d'un autre Pierrailleux : un puissant coup de poing rocheux le renversa et le fit rouler vers ses amis. L'Elfe laissa tomber sa tête et reprit son souffle ; il était épuisé. Déjà, deux nouveaux ennemis avaient émergé du sol. La montagne refusait de se rendre et sa détermination semblait infinie.

– Le Portail ! Ouvrez le Portail ! s'égosilla Ombrage en reculant.

Il savait qu'il ne résisterait pas longtemps.

– Je n'y arrive pas ! L'agate ne rentre pas ! gémit Robinia.

– Laisse-moi essayer ! cria Regulus, abandonnant l'arbalète avec laquelle il combattait mais qui n'avait aucun effet sur les roches.

Spica fit un geste pour empoigner une nouvelle flèche avant de s'apercevoir que son carquois était vide.

Les Pierrailleux se jetèrent sur elle en poussant des ululements, mais Ombrage les prit par surprise. Il bondit en avant et toucha au pied celui qui était le plus près, en l'envoyant à terre. Spica fit un pas en arrière, juste à temps pour ne pas être écrasée par les pierres, et tomba sur son frère.

Une toile d'araignée visqueuse surgit devant eux comme un bouclier de caoutchouc et Étincelle cria :

– Vite ! Je ne pourrai pas la maintenir longtemps !

En un instant les événements se précipitèrent. Regulus venait de poser la pierre dans la rainure centrale du Portail : bousculé par sa sœur, tout le poids de son corps appuya sur l'agate, et elle entra enfin.

Il y eut un bruit sec et… l'agate s'enfonça dans la cavité en forme de feuille.

Une lueur bleue éclaira le contour de pierre ; par les fissures du Portail filtrait une lumière aveuglante. Puis on entendit un déclic et le Portail Oublié se mit en mouvement.

– Attention à droite ! cria Spica à Ombrage.

Il se retourna pour faire face à cette nouvelle attaque, mais fut frappé par un coup de poing

de pierre ultra-puissant, asséné sur la blessure dont il se remettait à peine. Il fut précipité à terre, tandis que des éclats de roche, affûtés comme des rasoirs, lacéraient ses vêtements. Les Pierrailleux encore libres se ruèrent sur lui ; cette fois-ci le jeune homme n'eut pas le temps de rouler sur le dos pour esquiver leurs coups. Il parvint seulement à lever Poison devant lui comme un bouclier.

Les grands yeux de Spica s'emplirent de terreur et Ombrage fut submergé par la violence de cette avalanche de coups.

La jeune fille cria.

Une étrange lumière bleue se diffusa sur l'esplanade.

Les Pierrailleux ululèrent et Étincelle lança une nouvelle toile d'araignée pour aider Ombrage.

– Le Portail est ouvert ! En avant ! ordonna Regulus en saisissant sa sœur par le bras.

– Non ! hurla Spica en résistant à son frère, sans détacher les yeux des Pierrailleux qui avaient presque enseveli Ombrage en le broyant dans leurs mâchoires de roches.

Mais elle ne parvint pas à s'opposer à la main de son frère, qui la saisit et la poussa violemment à travers le Portail. Elle essaya encore de résister, de protester, mais sa voix s'éloignait.

La toile d'araignée d'Étincelle retomba sur les pierres et